Чучело

丑八怪

（俄）弗拉基米尔 · 热列兹尼科夫（著）

（俄）叶卡捷琳娜·穆拉托娃（绘）

崔舒琪（译）

天津出版传媒集团

天津人民出版社

图书在版编目（CIP）数据

丑八怪 /（俄罗斯）弗拉基米尔·热列兹尼科夫著；
（俄罗斯）叶卡捷琳娜·穆拉托娃绘；崔舒琪译 . -- 天
津：天津人民出版社，2020.8（2022.1重印）
ISBN 978-7-201-15994-2

Ⅰ . ①丑… Ⅱ . ①弗… ②叶… ③崔… Ⅲ . ①儿童小
说－长篇小说－俄罗斯－现代 Ⅳ . ① I512.84

中国版本图书馆 CIP 数据核字（2020）第 086163 号

著作权合同登记号：图字 02-2019-249

<Чучело>

© 2018, текст, Владимир Железников, наследники
© 2018, иллюстрации, Екатерина Муратова
The simplified Chinese translation rights arranged through Rightol Media
（本书中文简体版权经由锐拓传媒旗下小锐取得 Email:copyright@rightol.com）
Печатается с разрешения «Издательства АСТ»
Chinese simplified character translation rights © 2018 Beijing Bamboo Stone Culture Broadcast Co.ltd

丑八怪
CHOUBAGUAI

出　　版	天津人民出版社	
出 版 人	刘　庆	
地　　址	天津市和平区西康路 35 号康岳大厦	
邮政编码	300051	
邮购电话	（022）23332469	
网　　址	http://www.tjrmcbs.com	
电子邮箱	reader@tjrmcbs.com	

责任编辑	王昊静
策划编辑	村 上 呼 怡
装帧设计	淼 玖

印　　刷	北京昊鼎佳印印刷科技有限公司
经　　销	新华书店
开　　本	670 毫米 ×950 毫米　　1/16
印　　张	18
字　　数	180 千字
版次印次	2020 年 8 月第 1 版　　2022 年 1 月第 2 次印刷
定　　价	58.00 元

作者的话

致我的朋友：

假如父母给你买了一本我写的书，请你不要把它扔得远远的，也不要为了躲避这本书，就把它藏进一个秘密的角落。请你仔细读一读，然后你就会发现，这本书里有很多值得思考的地方。

这本书第一次出版是在36年前。那时我写了很多关于青少年的故事，不无忧愁地发现，很多孩子身上常常缺乏一些与生俱来的品质。在过去的年代里，这些品质通常被称作"高尚"的品格：无私、善良、仁慈、对亲人的关心、对朋友的忠诚，还有对"人格"的理解，哪怕是最浅显的理解也好。

正相反，在孩子们的心灵当中，我常常会发现一些不太好的特点：比如自恋、自私、冷漠，甚至还有残忍。

所有这些问题，我都可以在一篇取材于现实生活的故事里讲完。

一天，我的姐姐从另一个城市打来电话，说起了一件发生在她女儿身上的事情。她的女儿，也就是我的外甥女，被全班同学当成了叛徒。虽然这只是一个误会，而她却为此饱受指责和折磨。我向姐姐表达了自己的同情，然后我们就匆匆结束了这场谈话。

不过从那天之后，我开始关注这个事件的发展。尽管它看起来似乎离我非常遥远，但是我明白了，这件事简直是一个现成的剧本。

我写完这部剧，把剧本送去了电影制片厂。

两个月后，有个大领导把我叫到他的办公室，用手拍着我的剧本说："这些像法西斯分子一样的孩子永远不会出现在我们的荧屏上。我们国家没有这样的孩子。"

然而《丑八怪》这个故事对我而言已然十分宝贵，它紧紧地揪着我的心。于是我回到家里，坐在书桌前，开始准备把它改写成小说。

事实证明，这份工作并没有那么简单。冬去春来，我来到了一个名叫"塔鲁萨"的小城。秋天来临前，我在悬崖边上的一个旧亭子里完成了这部中篇小说，悬崖下有一条喧闹的小河。在塔鲁萨，我找到了一座房子，可以把它当作叶莲娜·别索利采娃的"家"。它到现在还破破烂烂地立在那里。同时，我在我居住的那条街上，为莲卡找到了姓氏。而这些美丽油画的故事，暗示着塔鲁萨从古到今出过很多画家。

我在那里做了很多工作，闲下来的时候，我喜欢在高低不平、长满绿植的街道上散步，或是去到河边，沿着奥卡河岸走上长长的一段路。小说中的小主人公们似乎一直围绕在我的身旁，他们与我一刻都不分开。我觉得自己了解这群男孩和女孩，就像了解亲人一样。我能感觉到他们喜欢什么，不喜欢什么。我甚至觉得自己到过他们的家，看过他们玩的游戏。不过，对我而言最亲近、最宝贵的人当然永远是莲卡。她称得上是稀世珍宝，兼具勇气与温柔。

秋天到了，我把小说带到了莫斯科的出版社。从那以后又过了几个月，但还是没有任何消息。我开始觉得《丑八怪》这部小说永远不会问世了。

这段令人悲伤的日子持续了两年之久。我一直等啊，等啊，最后终于停止了等待。

一天，出版社突然打来了电话。他们说要出版我的小说！

从那时开始，无数出版社大量印刷小说《丑八怪》，甚至印了上百万本。小说后来又在日本、美国等多个国家出版。

五年后，著名演员兼导演罗兰·贝科夫读完这本小说，立刻决定将它拍成电影。

还是那位大领导，又一次把我叫去他的办公室，像从前那样拍着我的剧本说："我们要拍这部电影。在这段时间里，我的孙子长大了……也像书里那样……"我看着他，他的脸上是一副恐慌的表情。

从那时起又过了很多年，但当你读完这部小说以后，你会发现我们的世界在很多方面都发生了变化，但是人却没变……你不费吹灰之力，就可以在自己身边找到很多《丑八怪》中的主人公，也能发现很多卑鄙的行为，懦弱的做法，当然，还有背叛事件。但我还是希望，在你的人生道路上可以多遇见几个像叶莲娜·别索利采娃这样纯洁的人。如此一来，你的人生会更轻松、更光明。

祝你成功。

目录
CONTENTS

人物介绍

尼古拉·尼古拉耶维奇·别索利采夫
莲卡的爷爷，绰号"补丁老头"。

叶莲娜·别索利采娃
本书主人公，绰号"丑八怪"，小名叫莲卡，是一个转学来的六年级学生。

季玛·索莫夫
莲卡的同桌。

瓦利卡
莲卡的同学，后来得到一个绰号——"剥皮匠"。

瓦西里耶夫
莲卡的同学。

玛格丽塔·伊万诺夫娜·库兹明娜
莲卡的俄罗斯文学课老师和班主任。

波波夫
莲卡的同学。

蓬头
莲卡的同学，绰号"蓬头"。

红毛
莲卡的同学，绰号"红毛"，
真名叫托利克。

施玛科娃
莲卡的同学。

克拉娃阿姨
"红毛"的妈妈，开着一
家理发店。

米罗诺娃
莲卡的同学，绰号"铁钉"。

第 一 章

莲卡飞快地冲过狭窄的城镇小路，路上有着奇异的陡坡。她沿路飞奔着，什么都没有注意到。

她沿着小路不停地向上跑，经过了一座座平房，每个房顶上都架着高高的十字天线，窗户上都挂着漂亮的花边窗帘。

她又开始向下跑，经过长长的栅栏和一扇扇大门，房檐儿上趴着小猫儿，篱笆门边都蹲着大恶狗。

她的外套敞开着，眼睛里满是绝望，唇间的低语声几不可闻：

"爷爷！……亲爱的爷爷！……咱们离开这里吧！离开吧！离开吧！……"她一边向前跑一边抽噎，"永远离开吧！……离开这些坏人！……让他们互相折磨去吧！……真是一群豺狼！……狐狸！……爷爷啊！……"

"真是个疯子！"被她撞倒的人在她身后喊叫着，"像摩托车一样乱冲！"

莲卡沿着小路一口气朝上跑去，就像是在做飞天前的助跑。她真想

立刻飞到小镇的上空，飞离这个小镇，永远离开这里！到一个能给她欢乐和安宁的地方去。

　　然后她又急匆匆地向下俯冲，就像是要把自己的头弄断一样。她是这样的不顾死活，丝毫不知道爱惜自己。

　　想想吧，他们都对她做了些什么啊！而这又是为什么呢？

第 二 章

莲卡的爷爷尼古拉·尼古拉耶维奇·别索利采夫，已经在这个俄罗斯老城镇的私宅里住了好多年。这个城镇就坐落在奥卡河边，位于卡卢加城和谢尔普霍夫城之间。

在我们的国土上，像这样的小镇只剩下了几十座。小镇已经有八百多年的历史了，尼古拉·尼古拉耶维奇很清楚它的历史，而且高度重视并热爱着这段历史。当他在小镇的胡同里游走的时候；当他沿着陡峭的河岸徘徊的时候；当他走过风景如画的近郊，走过那些布满了金银花灌木和桦树林的坟丘的时候，这些历史就会活生生地立在他的面前。

在这段历史中，小镇曾经不止一次地遭受磨难。

这里，紧挨着河岸的地方，原本是古城堡的废墟，废墟上曾经有过一座公爵的宫殿，俄罗斯的卫队曾与不计其数的入侵军在这里展开了激烈的战斗。这些入侵者带着弓箭和弯刀，叫喊着："进攻罗斯^①！进攻罗斯！"他们骑着健硕的矮种马，企图渡到河对岸去击溃卫队，攻入莫

---

① 罗斯是9世纪东斯拉夫人在第聂伯河中游建立的国家名称。在11—17世纪史书中，"罗斯"指的是俄罗斯土地，即俄罗斯国家疆域。

斯科。

　　1812年的俄法战争也用自己锋利的尖角刺痛了这座小城。库图佐夫①大军那一长队的士兵、难民以及运输车、马匹贯穿了整个城镇。炮兵们带着的迫击炮、榴弹炮、备用炮架和野外锻造台，把当地本来就很糟糕的道路变成了实实在在的烂泥潭。在经历了长时间的撤退、饥饿和瘟疫之后，俄罗斯士兵又沿着同样的道路，带着难以置信的、甚至是超人的勇气，饿着肚子日夜无休地把筋疲力尽的法国人赶了回去。完全不清楚，这些士兵的力量都是从哪里来的。

　　俄罗斯人征服高加索的事件也同样反映在这座小城上。在这里的某个地方，被俘虏的沙米尔②和追随着他的山民们生活在巨大的悲痛之中。他们徘徊在狭窄的巷子里，用充满了忧伤的目光，枉然地在地平线上寻找山岭。

004

　　而第一次世界大战就像一场风暴，卷走了小镇里所有的男人。最终回到小镇的，几乎有一半都变成了残疾人：有缺胳膊的，有断腿的，但全都无所畏惧。对于他们来说，自由比生命更可贵。他们将革命带到了这座安宁的小城。

---

① 米哈伊尔·伊拉里奥诺维奇·库图佐夫（1745-1813），俄罗斯帝国元帅、军事家，俄罗斯陆军统帅和军事艺术的奠基者之一。
② 沙米尔（1799-1871），塔吉斯坦和车臣的第三伊玛目，高加索山民在穆里德派的号召下反对沙皇殖民者和当地封建主的解放斗争的领导人，伊玛目国的创建人。

然后，又过了许多年，法西斯分子来了。烧杀劫掠和残忍毁灭的恶浪也翻涌而来。

　　但随着时光的流逝，战争结束了，小镇又一次得到了新生。现在小镇就像从前一样，自由而奔放地矗立在几个山冈上，这些山冈陡峭的崖壁紧贴着宽阔的河湾。

　　尼古拉·尼古拉耶维奇的房子就耸立在其中的一个山冈上。房子很古老，是用坚实的圆木搭建而成的。天长日久，房子已经变成了黑色。它端庄而朴实的阁楼和方形的窗户，巧妙地装饰着四个小阳台，而这四个阳台分别面对着世界的不同方向。

　　这座黑色的房子有着宽敞的开放式凉台，与邻居们多姿多彩的房屋迥然相异。它在这条街上显得是那样的格格不入，就像一只阴沉的灰乌鸦来到了一群金丝雀或者红腹灰雀中间。

　　别索利采夫一家的房子早就立在这座小城里了，也许已经超过了一百年。在那段艰难困苦的岁月里，它也没有被烧毁。

　　革命时期这座房子没有被充公，因为别索利采夫医生的声望保住了它。别索利采夫医生是尼古拉·尼古拉耶维奇的父亲。在俄罗斯的老城里，几乎所有的医生都是当地非常受尊敬的人物，别索利采夫医生也不例外。法西斯肆虐时，他在房子里建立了给德国士兵治疗的医院，而与此同时，地下室里还躺着受伤的俄罗斯人，医生用德国药物给他们治病。为此别索利采夫医生被枪杀了。

　　而那一次，苏联军队神速的进攻救下了这幢房子。

房子就那样立在那里，里面总是挤满了人，尽管别索利采夫一家的男人们还是照例离开家去了不同的战场，而且并不是总能活着回来。

他们之中的许多人都在无名烈士墓里长眠，这些墓地就像令人悲怆的丘岗，遍布在俄罗斯中部、远东、西伯利亚以及我们国土上的其他地方。

在尼古拉·尼古拉耶维奇回来之前，房子里住着一个孤独的老妇人，她也是别索利采夫家族里的一员。令人难过的是，几乎没有亲戚去看她。因为在别索利采夫家族的后代中，有一部分人散落在俄罗斯各地，而另一部分人则在为自由而战的时候牺牲了。但是房子依然耸立着，直到有一天，它的所有房门都四敞大开，几个男人默默地从里面抬出了一口棺材，棺材里装着老妇人枯瘦的身体。他们把这口棺材运到了当地的墓地。此后，邻居们封住了别索利采夫家房屋的门窗，钉死了通风口，这样冬天的时候房子就不会受潮。他们还用两块木板钉成十字形封住了围墙门，然后就离开了。

房子第一次沉寂了下来，像个又聋又哑的老头。

就在这个时候，尼古拉·尼古拉耶维奇出现了，他已经三十多年没回这座小城了。他不久前刚刚埋葬了妻子，自己在这之后也生了重病。

尼古拉·尼古拉耶维奇并不惧怕死亡，他对待死亡的态度既简单又自然，但他却无时不渴望能回到老家。这强烈的愿望帮助他战胜了疾

病，又一次站了起来，让他能够动身上路。尼古拉·尼古拉耶维奇做梦都希望被古老的墙壁包围。在失眠的漫漫长夜里，那些早被遗忘、又永远难忘的脸庞，会一个个地闪现在他的面前。

但是值得为此回到故乡吗？就为了在一瞬间听到、看到这一切，然后永远地失却？

"不然还能怎么样呢？"他想了想，然后坐上了回老家的车。

在他最后一次生病，走到鬼门关的时候；在他身负重伤，徘徊在死亡边缘的时候，被无边的孤寂所包裹着的头脑依然那样的清晰。不知道为什么，一种强烈的感受萦绕着他：那一根把他和往事连接在一起的细线，是不可以断掉的，这对他而言尤为重要。连接往事，也就是连接永恒……

在他到来之前整整一年的时间里，房子一直矗立在那儿，被封得严严实实。因为雨水的冲刷，堆在屋顶的积雪久久无人打扫，所以许久没有上漆的屋顶很多地方都坏了，锈出了窟窿。大门口的台阶也完全腐烂了。

尼古拉·尼古拉耶维奇刚一见到熟悉的街道和自家的房屋，心脏就剧烈地跳动起来。他站了一会儿，喘了几口气，然后迈着军人坚定的步伐穿过马路，毫不犹豫地扯下大门上的十字封条，走进院子。他在棚子里找到一把斧头，开始劈砍那些封住窗户的板子。

他疯狂地挥舞着斧头，头一次忘了自己还有心脏病。他心想："现在最重要的是要把板子敲掉，打开门，敞开窗户，让房子恢复昔日的

生机。"

尼古拉·尼古拉耶维奇干完活，回头看到自己身后站了几个女人。她们正悲悯地把双手交叠放在胸前，议论纷纷，猜测他是别索利采夫家的哪个人。不过她们都太年轻了，是不可能认识尼古拉·尼古拉耶维奇的。女人们察觉到了他投来的目光，开始露出微笑，又好奇地跟他搭话。但他只是默默地冲所有人点了点头，提起小箱子便消失在了门后。

尼古拉·尼古拉耶维奇没有跟任何人说话，这并不是因为他冷漠孤僻，而是因为与房子久别重逢之时，他体内的每一根血管都在颤抖。对他而言，那不只是一座房子，还是他生命的摇篮。

他记忆中的房子一直是又大又宽敞的，里面散发着热面包味，热气腾腾的牛奶味，还有刚擦过的地板和炉中的热气混合在一起的味道。当尼古拉·尼古拉耶维奇还是个小男孩的时候，他总觉得他们的房子里不仅住着"活人"。不只有爷爷奶奶、爸爸妈妈、兄弟姐妹，不只有来来

往往、不计其数的叔叔阿姨，还有住在画上的那些人。这些画分别被挂在了五个房间的墙壁上。

那是一些穿着家织布衣的男人和女人，脸庞或安宁祥和，或严肃认真。

还有一些穿着华服的女士和先生。

有些女人穿着金线绣花拖尾长裙，戴着闪闪发光的冠状头饰，头发盘成高高的发髻。而男人们穿着耀眼的白色、天蓝色或绿色的高领礼服，踩着带有金银马刺的靴子。

著名的拉耶夫斯基将军的画像被挂在最显眼的地方。画上的他穿着阅兵礼服，戴着不计其数的勋章。

尼古拉·尼古拉耶维奇觉得，这些"画中人"其实也是他的亲人，这种感觉从未远离过他，就连他成年以后也是如此，尽管这听起来可能很奇怪。

很难解释为什么会这样，但是当他遇到重重危难之时，在他生命垂危之际，他回忆起老家，浮现在脑海中的不仅是住在家里的亲人，还有那些他从来都不认识的"画中人"。

一切都源于他的曾曾祖父是一位画家，而他的父亲别索利采夫医生花了很多年的时间去收集曾曾祖父的画作。从尼古拉·尼古拉耶维奇刚记事的时候开始，这些画就一直在家里占据着最主要的地位。

尼古拉·尼古拉耶维奇有些担忧地推开了门。他担心，万一发生了某些不可挽回的事情呢？事实证明他是对的——家里的墙上空荡荡的，

所有的画都消失了！

房子里散发着一股潮湿和发霉的味道。天花板和墙角都被蜘蛛网覆盖着。大大小小、不计其数的蜘蛛根本没有注意到他，继续做着那些细致复杂的精巧活计。

田鼠把这座废弃的房子当成了自己的庇护所。它们就像马戏团里走钢丝的杂技演员，欢快地在挂窗帘的铁丝上跑来跑去。

家具被挪动了，摆放的十分凌乱，所有的家具上都罩着陈旧的保护罩。

恐惧和慌乱紧紧地攫住了尼古拉·尼古拉耶维奇。天哪，所有的画作都消失了！地板上覆盖着一层薄薄的霜冻，他试探着迈出了一步，但是滑倒了。然后他像滑雪似的继续往前滑动，在地板上留下了一条长长的印记。

再去一间屋子！

再去！

继续找！

继续找！

可是哪里都找不到画。直到这时尼古拉·尼古拉耶维奇才想起，姐姐在最后一封信里说，她把所有的画都摘了下来，用粗麻布卷起来，放到了置物高台上。这个高台所在的房间是整栋房子里最干燥的地方。

尼古拉·尼古拉耶维奇克制住自己的情绪，走进那个房间，爬上高台，开始用颤抖的双手拿出一幅幅画作，他害怕这些画被毁掉、冻坏或者受潮。但是奇迹发生了——所有的画都完好无损。

他怀着极大的温柔想起了自己的姐姐，想象她是如何把这些画摘下来，又把它们一幅幅包起来。这么瘦弱的一个老人，却把每一幅画都包裹得仔仔细细。显然，在不止一个月的时间里，她整天都在为此操劳，用针缝制那些粗麻袋，把自己的双手刺得伤痕累累。她在给他的信中写道，有一次她从高台上掉了下来，躺下休息了一会儿之后又去打包，直到把生命中的最后一个工作做完。

现在找到画了，尼古拉·尼古拉耶维奇开始着手收拾屋子。他做的头一件事，就是把炉里的火生起来。当玻璃窗开始蒙上水汽的时候，他就把窗户推开，让湿气散出去。他给炉子添了一次又一次木柴，火炉里的响声和烈焰让他入了迷。然后他擦了窗户，又搬来梯子擦了天花板。最后他换了好几次水，仔仔细细地刮净了木地板。

渐渐地，尼古拉·尼古拉耶维奇全身心地感受到了老家炉火的温暖，闻到了熟悉的老房子的味道。这种气味快乐地在他头顶打转。

这些年来，尼古拉·尼古拉耶维奇头一次自由而幸福地叹了一口气。

这时候他取下家具上的罩子，把它们一件件地摆好。最

后，他终于挂上了画——每一幅画都被挂在了它原来所在的位置上。

尼古拉·尼古拉耶维奇环顾四周，思考自己还要做什么。然后他突然明白了，他最想要做的事情，就是坐在父亲的旧椅子上。这椅子有个神奇的名字叫"伏尔泰椅[①]"。小的时候，大家不允许他坐在上面，但当年他是多么想爬上去坐一会儿啊！

尼古拉·尼古拉耶维奇慢慢地坐进椅子里，倚靠着柔软的椅背，胳膊肘支在扶手上。不知他在那里坐了多久，也许是一个小时，也许是三个小时，也许是一天一夜……

老房子似乎又活过来了，开始说话、唱歌、大声哭泣……许许多多的人走进房间里，在尼古拉·尼古拉耶维奇身边围成了一个圈。

尼古拉·尼古拉耶维奇纵然有万千思绪，但是每一次，他的思绪都会回到自己的梦想上来。他的梦想是：等他去世以后，他的儿子会带着家人住进这里。

在想象中，他似乎清晰地看到了儿子走进老屋的景象。当然了，那些无形的往事会刺透并温暖儿子的身体，搏动他的血脉。哪怕他离开这里去探险，冒着落入深渊的危险攀爬到高高的山上寻找最稀有的花朵：那是一种长在峭壁边缘上的浅蓝色小花，开在一支细细的茎秆上，几乎让人注意不到。即便如此，他也永远都不会忘记自己的老家。

尼古拉·尼古拉耶维奇明白：生活必须要冒险，不然这算什么生活

---

① 伏尔泰椅，是一种高背深座的安乐椅。

呢？只是毫无意义的吃喝拉撒而已。但是无论如何，他做梦都想要儿子回到家里，哪怕回家是为了再次出发，就像别索利采夫家族里的其他人一样，在不同的年代里，为了不同的理由离开。

当他醒来的时候，太阳光被折射后的斑驳陆离的光芒散落在屋子里，照射在拉耶夫斯基将军的画像上。这时候尼古拉·尼古拉耶维奇突然想起，他小时候就是在这个画像上捕捉到了第一束阳光。想到这里，他悲喜交加地笑了，心想时光真是一去不复返。

尼古拉·尼古拉耶维奇走出家门站在台阶上，看到阳光照亮了朝东的小阳台。太阳移动着，想在房子四周再画一个圈。

他拿起斧子，找到了木工刨和锯子，选了几块木板来修理台阶。他很久没有做这种工作了，不过很明显，他还没有丧失这项技能。他做得并不是很利落，但兴致很高。他喜欢把一块普普通通的木板拿在手里，在上面推刨子，这么多年来在城市里的忙乱和空虚，悄悄地离开了他的脑海。

尼古拉·尼古拉耶维奇想，房子会感谢他，他也会感谢这座房子。

然后尼古拉·尼古拉耶维奇爬上了屋顶，被风掀起来的铁片重重地击打在他的背部，差点儿把他从屋顶上打落下来。他奇迹般地挺住了……

直到这时他才头一次有了剧烈的饥饿感。他只在年少的时候体会过这种感觉，那个时候他有时会饿到昏迷。这一点儿都不奇怪，尼古拉·尼古拉耶维奇不知道，从他回来后又过去了多久，不记得自己有没有吃过饭，睡过觉。他忙着修缮房子，根本注意不到短暂冬日中昼夜的交替，也分不清早晨和傍晚。

尼古拉·尼古拉耶维奇去市场买了一棵酸白菜、几个土豆和风干的黑蘑菇，煮了一锅蘑菇酸菜汤。他吃了两碗就去睡觉了。

他起了床，像往常一样察觉不到时间的变化，又吃了菜汤并且大声地笑了起来。他仿佛从自己的笑声中辨认出了父亲的笑声，然后不知为何又去躺下睡着了……

从那时起过了几年的时间，尼古拉·尼古拉耶维奇忘记了自己的病痛。他继续活着，活着……然后觉得自己变得更硬朗了，就像一棵强劲的老树，惬意地沐浴在春雨里。

常常有人看到他以超越自己年龄的速度奔跑在弯弯曲曲的小巷里，有时去这个方向，有时去另一个方向，明显是一副无所事事的样子，虽然有时他也会拿着一个包在布里的东西。每当这个时候，他的脸就会变得光芒四射，似乎显得年轻了。

有些被"公认"为知识渊博的人扯闲话说，尼古拉·尼古拉耶维奇在找一些画。为了买画他花了一大堆钱，而余下的钱一分不剩，全买成了木柴。真难想象啊，他每天都要把所有的炉子点起来，天冷的时候还要烧两遍，这样他的画才不会受潮。不知为何，深夜里他的所有房间也总是亮着的。

他白白流失了多少卢布啊！有些钱变成轻烟，顺着烟囱上了天；有

些钱则变成了晚间明亮的灯光。不过大多数的钱还是用来买新画了，好像他自己那些画还不够多似的！

因此，他固守着清贫。

小镇里的人都警觉地关注着尼古拉·尼古拉耶维奇。

人们无法理解他的生活方式，也没法做到。但是他赢得了很多人的尊重。况且人们已经习惯别索利采夫家的房子在夜晚发光发亮，它成了小镇里的一个独特的灯塔，晚归的行人从远方回家，这所房子就是黑暗中的地标。在伸手不见五指的夜里，房子就像一支蜡烛。

邻居们可能觉得尼古拉·尼古拉耶维奇孤独到了极点，因为孤独，所以不幸。他总是一个人在小镇里徘徊，戴着一成不变的鸭舌帽，帽檐低低地压到额头上。他还穿着破破烂烂的外套，外套的肘部整整齐齐地摞着大块的补丁。

为此孩子们给他起了个绰号叫"补丁老头"，不过他似乎并不理会这些孩子。偶尔，他会突然回过头，用不加掩饰的惊讶的目光看着他们。这时候孩子就会飞快地从他身后跑开，尽管他从来不骂人，也不会追赶他们。

如果有人来找他闲聊，他就简短地回答一句，然后迅速走开，像寒风中的鸟儿一样蜷缩着。

但是有一天，当尼古拉·尼古拉耶维奇出现在街道上的时候，他不再是孤身一人了，有个大约十二岁的女孩跟着他。他那天格外骄傲，不管碰见谁，都会停下来，指着女孩子郑重其事地向路人重复同一句话：

"这是莲卡……"随后他很有威严地沉默一会儿，再补上一句，"她是我的孙女。"就好像他身边站着的不是一个小女孩，而是一个世界闻名的大人物。

每一次，他的孙女莲卡都特别害羞，不知所措。

她是一个体型不匀称的少女，就像一只伸着长腿的小鹿，还有着长得有点过分的手臂。背上突出的肩胛骨就像一对小翅膀，头发编成了两条紧紧的麻花辫。一张大嘴装饰着她灵动的脸庞，脸上那善意的微笑几乎从未消失过。

莲卡出现在小镇的第一天，她到四个阳台上去了好多次，好奇地打量着这个世界。东南西北四个方向，都让她非常感兴趣。

莲卡来了以后，尼古拉·尼古拉耶维奇的生活几乎没有发生任何改变。当然了，现在是莲卡跑去商店里买奶渣和牛奶。尼古拉·尼古拉耶维奇有时候会去市场上买肉，他以前可从来没这么做过。

秋天的时候，莲卡上了六年级。

事情就是在这时发生的。这件事让别索利采夫一家——也就是尼古拉·尼古拉耶维奇和莲卡成了名人。这个事件就像回荡在小镇上空的钟声，以不同的方式影响着所有曾经参与其中的人们，影响着他们的人生。

第 三 章

整个小城都洒满了凋落的叶子。它们落在花园里、院子里、人行道上、房顶上。就连坐落在百货商店和日用品店之间被称为"主广场"的小广场，也被干枯的落叶覆盖了。

唯一一辆扫地车似乎不想去对付这场"盛况空前"的落叶景象。

扫地车的司机叫彼得，是个年轻又无赖的家伙。他打开驾驶室的小门，把穿着超大沼地靴的脚悬在车门外，抽着"白波运河"牌的香烟，等着那些需要把东西从商店运回家的私人乘客。

白嘴鸦们正在为远途飞行做着准备。无数白嘴鸦盘旋在小城上空鸣叫着，它们想把落在树枝上的小雏鸟赶下来。这些懒惰的孩子们休息得太不是时候了。

因为秋汛的缘故，奥卡河的水位涨了，河水的颜色也变暗了，不过最后几艘汽艇还在河上飞速航行。人们把旧轮渡拉上岸，紧紧地拴在古老遒劲的树枝上，这样难以遏止的洪水就没法把它冲走。

在这场忙乱之中，莲卡整天都在小城里游荡。生命是如此奇妙，总

让她止不住地惊叹：白嘴鸦飞走，是为了来年注定的回归；人们把轮渡拉出水面，是为了让它在春天再度下河航行；树木落叶，是为了重新孕育出茂盛的新叶。

只是这一切突然都不复存在了。她听不到人们的声音，也看不到路将把她带去何方。

这个事件发生在十一月初放秋假的时候，结束于放完假开学后的第一天。虽然仅仅持续了几天的时间，却让莲卡的生活发生了翻天覆地的变化。

那一天，莲卡久久地在小镇上徘徊，直到她发现自己来到了一片杨树林里，旁边就是"入睡的男孩"的雕像。

那个"男孩"面朝上躺在那里，双腿微微蜷起，双臂沿着身体展开，脑袋歪向肩膀。

他一直是很忧郁的，而今天莲卡觉得他似乎格外悲伤。也许是因为乌云低低地垂在上空，也许是因为莲卡的心里很惊慌。

她只觉得自己很孤独，认为这里没有任何人需要她。她好想赶紧离开这座小城……

尼古拉·尼古拉耶维奇做着自己心爱的活计，很少留意周围的情况。他站在凳子上，用柔软的毛刷轻轻地刷掉画上肉眼看不到的尘埃。他太喜欢这个活儿了，甚至还不由自主地哼起了歌。当莲卡跑进屋子的时候，他起初并没有发现她是为了某些事情而激动，也没有注意到她的

外套敞开着，嘴巴抿得紧紧的，眼里还满是绝望。

"哗啦"一声，莲卡倒掉了书包里的课本和练习册，开始恣意地把自己的东西往包里塞，看到什么就塞什么。

"安静点！……安静点！……真是个小疯子！"尼古拉·尼古拉耶维奇用刷子刷过拉耶夫斯基将军的金肩章，"你最好还是看看你周围！看看你周围有多么美！这些画都有一百多年的历史了，而它们每一年都会变得更加美丽……"

莲卡没有搭理爷爷，继续心急火燎地收拾东西。

"我这么告诉你吧，叶莲娜，你对此一无所知，尽管你并不是个笨姑娘。"尼古拉·尼古拉耶维奇惆怅地摇了摇头，"你干吗像头大象一样重重地踩脚啊，这样只会把地板里的灰踩出来的。"

"给我路费。"莲卡说。她急匆匆地扣上了书包。

"你要去很远的地方吗？"现在尼古拉·尼古拉耶维奇在用刷子刷将军那无数的勋章。

"我要离开。"

"你干吗那么着急？"他微笑起来，这抹微笑让他的脸庞变得格外年轻，让人看起来很不习惯，"你难道想抛弃这艘快要沉没的船了吗？"

"今天季玛·索莫夫过生日。"莲卡绝望地回答道。

"但是他们却没有邀请你，所以你就决定离开，是吗？叶莲娜，你真是太孩子气了。多么大点事儿啊，你也要这么难过烦心……你要把拉

耶夫斯基将军当作榜样……"

"爷爷，请你给我买票的钱。"莲卡悲哀地打断了他的话。

"能告诉我你要去哪儿吗，假如这不是个秘密的话？"尼古拉·尼古拉耶维奇第一次认真地看了看莲卡。

"去找我爸妈。"莲卡回答说。

这个时候，书包扣松开了，她又愤恨地合上了它。

"去找你爸妈？"这时候尼古拉·尼古拉耶维奇终于忘记了自己那些画，从凳子上跳了下来，"你想都别想！"他用手指头做着手势威胁她，"瞧你想的好事！想要我离开这里吗？我哪儿都不去！……哪儿都不去！……一步都不离！"

"我才不要你呢！"莲卡尖叫着说，"我自己走！一个人走！"

"有谁会放你走吗？……你倒是很独立啊！是他们把你带来的，那么让他们把你领走。"尼古拉·尼古拉耶维奇用游离的目光扫过那些画，然后轻轻地说，"你要知道，我是靠这些画才活下来的。"他向莲卡伸出手，"把书包给我。"

莲卡跳开了，站在桌子的另一边尖叫道："给我钱！"

"你哪儿都想别去！懂了没有？你哪儿都想别去！"尼古拉·尼古拉耶维奇回答说，"别再说这些胡话了。"

"给我钱！"莲卡变得疯狂了，"不给的话……我就偷些东西卖掉。"

"偷我们家里的东西吗？"尼古拉·尼古拉耶维奇笑了起来。

尼古拉·尼古拉耶维奇的笑冒犯到了莲卡。她无助地环顾四周，开

始在困境中寻找出路。之后她突然大叫起来："我要偷你的画！"她扔下书包，开始疯狂地把离她最近的一幅画从墙上摘下来。

"偷我的画？！"尼古拉·尼古拉耶维奇异常迅速地走向莲卡，狠狠地推了她一把，莲卡飞到房间的一个角落里，而他也被自己刚才的举动吓得向后退了一步。

莲卡抓起书包向门口冲去，尼古拉·尼古拉耶维奇及时抓住了她。她狠狠地咬向了他的手，然后挣脱出来跑掉了。

"我反正是不会给你钱的！"他在她身后喊着，费劲地穿着外套，"我不会给的！……叶莲娜，你站住！……真是个小疯子！"他在匆忙之下跑出了房子，甚至没来得及把手伸进外套的袖子里。

第四章

这时候，快活的六年级生瓦利卡正在沿着河岸奔跑。他怎么也想不到，等到晚上的时候，他将会得到一个耻辱的外号"剥皮匠"。他穿着过节的衣服，衬衫干干净净的，还打了领带，手里捻着一个拴狗的项圈和皮带。从夏天开始，讨厌的游客就把罐头瓶子扔得到处都是，他总是用鞋尖踢这些空罐头瓶子，试图击中那些在灌木丛中游逛的鸡和鸟儿，或者是那些安静地躺在最后一抹秋日阳光下的猫。只要击中某个目标，他就会因为自己的灵巧而爆发出极大的喜悦。

瓦利卡在一棵老橡树旁边停住了，因为树洞里露出了两个小男孩的脑袋。

"你们这两个倒霉的小毛孩，在那里做什么呢？"瓦利卡严厉地问道。

"我们什么都没做啊。"两个小男孩紧张地回答道，"我们在玩消防员的游戏。"

"爬出来！"瓦利卡狠狠地用皮带抽了一下橡胶靴的靴筒，就像个十九世纪的美国农场主，尽管他根本不了解美国农场主是什么，因为他的历史实在太糟了。"把叶子捡起来！把它们填进树洞里！快点！！动起来！"

小男孩们一头雾水地捡起大捧大捧的叶子，塞进树洞里，把洞填得满满的。瓦利卡划着火柴，然后……把火柴扔进了树洞的叶子里。所有的叶子瞬间着了火。

　　"你干吗？！"小男孩们反抗起来，冲向了树。

　　但是瓦利卡拦住了他们，尽管小男孩们在他怀里挣扎、哭喊，他也一直不松手。直到火势变猛后，他才叫道："前进吧！……消防员们！……去救火吧！……"一边叫一边松开手，自行离开了。

　　他一边走，一边发出兴奋的叫喊，留下那两个愤怒的倒霉蛋在他身后叫骂着。

　　瓦利卡急着去跟自己的朋友会面，好去参加季玛·索莫夫的生日会。他从很远的地方就看到朋友们了，那两个人坐在河边码头的长凳上，其中一个叫"蓬头"，另一个叫"红毛"。他冲向朋友们，借着这股冲劲"扑通"一声坐到他们旁边，然后问："怎么样啊，捣蛋鬼们，肚子饿瘪了吧？"他笑了一声，然后又说："我也是！我一想起索莫夫家里

的馅饼，口水就流出来了。"

"我吃了好多蜂蜜配牛奶。"蓬头回答。然后他又充满梦幻地补充道："今年椴树开了很久的花，酿出的蜂蜜真是香啊。"

"奶奶什么都没让我吃。"瓦利卡叹息了一口气，"她说：'既然你要去做客，那干吗还要吃那么多粮食。'"

"你奶奶可真是太狡猾了。"蓬头说。

"狡猾倒是狡猾，但是她让自己的日子过得很惨。"瓦利卡回答说，"她连一分钱都没有。瞧索莫夫多舒坦哪，一生下来就含着金汤匙。他的父母挣着大钱，他长得又帅气，脑袋还好使，整天考五分①……真想揍他那张小脸蛋儿。"

"瓦利卡，你这是妒忌。"蓬头说。

"那你不妒忌吗？"瓦利卡冷笑道，"怎么可能啊……所有人都妒忌得快要炸了，只不过有一些人会说出来，而另一些人则会撒谎说自己不爱妒忌。"

"我干吗要妒忌？"蓬头惊讶道，"我们在林场里过得很好。自由自在的。而且我想欺负谁，就欺负谁。"

"那又怎么样？"瓦利卡轻蔑地吐了口唾沫，"力量又不是钱，不能拿它买黄油。"

蓬头出其不意地用一只手抓住瓦利卡的脖子，狠狠地掐了下去。

---

① 俄罗斯实行五分制，三分为及格，五分为优秀。

"放开我！"瓦利卡喊叫起来。

"红毛，人最重要的是什么？"蓬头问道。

"是力量！"红毛使劲儿一哆嗦，从深深的沉思中醒了过来。

"但是瓦利卡却不重视它。"蓬头说，"他说，人最重要的是妒忌。"

"放开我！"瓦利卡大叫，"我重视力量！……我重视啊！放开我！你要掐死我了！……"

蓬头松开手，放了瓦利卡。瓦利卡为了以防万一，跑去了另一边。

"蜂蜜吃多了吧。"瓦利卡揉搓着脖子，"力气跟拖拉机一样大。一点儿都不随你爸……"他在愤怒之下还想再说点什么，但是又改变了主意。

"你别提我爸。"蓬头阴沉地说，"他浑身上下都是枪伤，那群混蛋把他折磨得太惨了。"

"你们看！施玛科娃来了！"红毛说，"真是闪亮登场啊！"

蓬头和瓦利卡回头一看，立刻惊呆了。

施玛科娃并不是一个人来的，波波夫陪在她身边。但是所有人都只关注她。她走路的样子，轻盈地让人觉得她像是在空气中飘荡。当她"飘"近后，大家看到施玛科娃的身上穿着一条崭新的白裙子，脚踩着一双白色的新鞋，还用白色的缎带扎起了头发。因为施玛科娃华丽的打扮，她身边的波波夫则显得非常普通，露出一副难为情的样子。当然了，她的这套衣服并不适合现在的天气，但是却让她浑身上下散发出了耀眼的光芒。

"施玛科娃，你可真是绝啦！"瓦利卡哼哼着说，"你穿上这么一双鞋，得抱着你走才行啊。"

蓬头说："简直是舞台上的演员。"

红毛肯定地说："索莫夫会倾倒的。"

施玛科娃对自己很满意，用唱歌似的声调说道："我才不在乎索莫夫呢。"

"这可看不出来。"蓬头说。

"嘿嘿嘿！"瓦利卡怪笑起来。

"哈哈哈！"红毛也开始跟他一起笑。

波波夫看着施玛科娃，他那张长着翘鼻子的圆脸上流露出了凄楚的表情。

"大家不要这样了，行吗？"波波夫请求道，"我们最好还是到索莫夫家里去吧。"

所有人都欢呼起来，说是时候到索莫夫家去了。但是蓬头打断了他们的话，说得等等米罗诺娃。

"我们瞧不上这个米罗诺娃。"瓦利卡壮着胆子说，"这个米罗诺娃，她算什么呀？……就是个小钉子而已。"

"是铁做的钉子。"红毛插嘴道，"总是一副教训人的口吻。"

"我说过了，我们要等米罗诺娃！"蓬头严厉地重复了一遍。

"我们当然要等啊。"瓦利卡害怕地同意了，"而且瓦西里耶夫也还没来呢。"

就在这时候，他们看到了瓦西里耶夫。这是一个戴眼镜的瘦男孩。

"不用等我了。"瓦西里耶夫说，"我不去索莫夫家。"

"为什么？"有人发出了这样的声音。

所有人都循声回头，然后看到了米罗诺娃。她就像往常一样规规矩矩地梳着头，故意穿得很朴素。她的外套里面是一件再普通不过的棕色制服裙。

"你好啊，米罗诺娃。"蓬头说。

"你好啊，铁钉。"瓦利卡讨好地插嘴说。

米罗诺娃没有理会他们。她不紧不慢地向前走，在瓦西里耶夫面前站定了。

"瓦西里耶夫，你为什么不去索莫夫家？"她问道。

"我被派去做农活。"瓦西里耶夫不确定地回答说，同时把装着食物的网兜高高地举过头顶。

"那说实话呢？"

瓦西里耶夫沉默了，厚厚的玻璃镜片让他的眼睛显得又大又圆。

"你干吗不说话？"米罗诺娃不放过他。

"我不想去索莫夫家。"瓦西里耶夫挑衅地看着铁钉，"我讨厌他。"

"你说你讨厌他了，是吗？"米罗诺娃意味深长地看了蓬头一眼。

蓬头走上前来，其余的人跟在他后面。他们围住了瓦西里耶夫。

"你知道违背信义的人会有什么下场吗？"米罗诺娃严厉地问道。

"是什么下场？"瓦西里耶夫用圆圆的眼睛看着她。

"就像这样！"蓬头抡起拳头向瓦西里耶夫挥了过去。

这一下打得很重，瓦西里耶夫摔倒在这一边，而他的眼镜却飞向了另一边。手里的网兜也掉了，食物撒了一地。

所有人都冷冷地看着他。

瓦西里耶夫趴在地上，开始用手摸索着寻找眼镜。他找得很困难，但是没有一个人帮他，因为他违背了信义，受到了所有人的鄙视。瓦利卡用沉重的靴子踩住眼镜，一个镜片被踩得咔嚓作响。

瓦西里耶夫听到了这个响声，立刻爬到瓦利卡的脚边，推开他的脚捡起了眼镜。他站了起来，戴上眼镜看着大家。现在他的一只眼睛在镜片下仍然又大又圆，而藏在破碎的镜片之后的另一只眼睛，似乎只有那小小的、无助的天蓝色瞳孔在炯炯发亮。

"你们都疯了！"瓦西里耶夫出人意料地大声叫道。

"你滚吧！"蓬头推了他一把，"不然你还会挨揍。"

瓦西里耶夫把散落的食物装进网兜里。

"一群野蛮人！"他仍不肯罢休，"你们不会有好结果的！"

蓬头没有控制住自己，冲向了瓦西里耶夫。在众人满足的笑声中，瓦西里耶夫逃走了。

"站在我们这边儿的人变少了。"红毛说。

"但我们是团结的。"米罗诺娃很突然地打断了他。

"我们要像少先队员一样，齐心协力地拿起索莫夫家的馅饼，大吃一通！"瓦利卡笑了起来。

"你怎么还在开玩笑。"米罗诺娃打断了他,"我们在谈严肃的事情。"

他们吵吵闹闹地离开了,一行人都穿得五彩斑斓。这时眼尖的施玛科娃看到了他们的班主任玛格丽塔·伊万诺夫娜。

"是玛格丽塔。"她说。

"她穿着牛仔裤呢。"瓦利卡注意到了这一点儿,"是在莫斯科搞到手的吧。看来是有人送她的结婚礼物。"

"我们越过篱笆跑掉吧。"红毛建议道,"不然她就要开始教训人了……大好的日子就毁掉了。"

"我不会跑的。"米罗诺娃说,"得懂得自尊才行。"

"我们最好藏起来,然后吓唬她。"瓦利卡窃笑着说。

"这就有意思了。"施玛科娃响应道。

他们分头跑开了。

034

米罗诺娃不紧不慢地走在最后,在一棵树后站定了。

而玛格丽塔·伊万诺夫娜根本没有注意到任何人,迈着愉快的步伐穿过街心公园,俯身探向轮船公司售票处的窗口。

瓦利卡从藏身的地方走出来,蹑手蹑脚地跑近自己的老师,然后大声地喊道:"您好啊,玛格丽塔·伊万诺夫娜!"

玛格丽塔·伊万诺夫娜被吓了一跳,回头一看,说:"啊,是你啊……你干吗这么鬼鬼祟祟的?"

"您被吓到了吗?"瓦利卡问道,"您被吓到啦……被吓到啦……同学们,玛格丽塔·伊万诺夫娜被吓到啦。"他一副耍活宝的样子。

"只是因为我刚刚想事情想得入神了。"玛格丽塔·伊万诺夫娜一边回答，一边难为情地羞红了脸。也许是瓦利卡的无礼冒犯到了她，也许是因为她确实被吓到了，但并不想承认。

同学们纷纷围住她，向她问好。

"你们都打扮得好漂亮啊。"玛格丽塔·伊万诺夫娜仔细打量着他们，"施玛科娃简直像一个成年的大姑娘啦。"

"玛格丽塔·伊万诺夫娜，您喜欢我的裙子吗？"施玛科娃缠着她问。

"喜欢啊。"玛格丽塔·伊万诺夫娜回答说，"是谁给你缝的？"

"还能是谁啊！"波波夫兴奋地插嘴说，"是我妈妈缝的。"

"是我指挥她缝的。"施玛科娃说，并且凶狠地对波波夫悄声说道，"有谁逼你说话了吗？……也许是有人从莫斯科的时装店里带给我的呢。而你却一直说什么'是我妈妈缝的……是我妈妈缝的……'。"

"米罗诺娃，你怎么落在大家的后面啊？"玛格丽塔·伊万诺夫娜问道。

"我吗？我受不了那些五花八门的衣服。"米罗诺娃傲慢地看着自己的朋友们，"对不起了，玛格丽塔·伊万诺夫娜，我们快要迟到了。"

"你们要去哪？" 米罗诺娃这句生硬的话，让玛格丽塔·伊万诺夫娜感到有些惊讶。

"去索莫夫家。"红毛替所有人回答道，"庆祝他又老了一岁。"

"向他转达我的问候吧，你们就说，我祝他……"玛格丽塔·伊万诺夫娜思索着，"索莫夫是个非凡的人，他从来不会因为自己已经取

得了一些成绩，就停滞不前。主要的是，他大胆、直率，是一个可靠的同学……"

"玛格丽塔·伊万诺夫娜，您说到点子上啦。"施玛科娃充满热情地说。

"所以我祝他……"

"您又要到哪里去吗？"红毛打断了玛格丽塔·伊万诺夫娜。

"我想带丈夫看看博列诺沃，他还没看到过这里的景色呢，但他的时间很少，他得回莫斯科。"玛格丽塔·伊万诺夫娜看了看表，"哎哟！……我要赶紧走了。啊，我差点儿把索莫夫给忘了。"她边走边大声喊道，"祝他永远像现在一样……一辈子都像现在这样……"说完她就不见了。

"她倒是一直没时间带我们去博列诺沃……"米罗诺娃开口说道。但是最后一个字留在她的唇边，没有说出口，因为她看到了叶莲娜·别索利采娃。

莲卡也看到了大家，停下来一动不动地站着。同学们也看到了莲卡，兴奋地停住了。

"我们正面对着一个历史展品，那就是别索利采娃！"破天荒头一次，米罗诺娃的嘴唇弯出一个克制的微笑，声音清脆地响起来，"她是来买票的！……她要离开了！"

莲卡猛地转过身背对着所有人，走到轮船公司的售票处。

"没错！"蓬头喊叫道，"她要离开了！"

"'力量'赢了！"红毛快乐地帮腔。

"你们知道我们要给她什么忠告吗？"米罗诺娃来了灵感，"要让她一辈子记住我们给她上的这一课。"

瓦利卡装腔作势地弯下腰，踮着脚跑向莲卡，用指关节敲着她的背，说道："别索利采娃，你记住我们给你上的这一课了吗？"

莲卡没有回答。她一动不动地站在那儿。

"她不回答。"瓦利卡失望地说道，"所以说她没有记住。"

"也许她是聋了吧？"施玛科娃叫道，"所以你就……震震她。"

瓦利卡举起拳头，想要在莲卡细瘦的后背上狠狠地打一下。

"这就不用了。"米罗诺娃制止了他，"毕竟她要离开了，这说明我们赢了。这对我们来说就足够了。"

"让她从哪儿来的，就滚回哪儿去吧！"红毛叫道。

其余的人也开始大喊：

"我们不要这种人！"

"告密者！"

"丑——八——怪！"

瓦利卡抓住莲卡的手，把她拉进大家围成的圈里。他们围着莲卡跳来跳去，摇摇晃晃，出尽了洋相，肆意地快活着。每个人都努力喊得比

别人响：

  "丑——八——怪！丑——八——怪！"

  "看菜园的丑八怪①！"

  "嘴巴咧到耳朵边！"

  "不如给它缝上线！"

  五颜六色的圆圈转啊转，而莲卡在其中东奔西撞。

  这时尼古拉·尼古拉耶维奇出现了，看到了莲卡和围着她跳的同学们，喊道："你们干吗缠着她？看我怎么治你们！"

———————————

① "丑八怪"一词的第一层意思是"稻草人"，所以这里说她是"看菜园的丑八怪"。

"是补丁老头！"红毛大喊起来，"危险！"

他们四散奔逃。

只有米罗诺娃还留在原地，一动也不动，甚至连眉毛都没有抬一下。她的话里充满对其他人的蔑视："你们害怕了吗？"

这坚定的声音让其他人停了下来。

"你们怎么能六个人打一个人？"尼古拉·尼古拉耶维奇的声音几乎是悲哀的，"你们不害臊吗？"

"我们有什么好害臊的？"瓦利卡无耻地说，"我们没偷没抢，没犯法。"

"您还是为您的孙女感到害臊吧！"米罗诺娃说。

"为莲卡感到害臊？"尼古拉·尼古拉耶维奇惊讶地问道，"为什么？"

莲卡猛地转向爷爷，他看到了她那张扭曲的脸，就像有人痛打了她一个耳光。他已经想冲这些孩子大叫了，想要他们闭上嘴赶紧离开这里，留他和孙女两个人在一起。

但是没有人打算把事情告诉他。"把自己的事情告诉大人"并不合他们的规矩。只有米罗诺娃，边走路边坚定而愉快地说："您去问她吧。她会把一切都绘声绘色地讲给您听的。"

他们走掉了，只不过有一阵子，能在安静而透明的秋日空气中听到他们的喊声：

"铁钉真是棒！"

"她不害怕补丁老头！"

“‘力量’赢啦！”

之后声音渐渐消失了，消失在了远方。

而可怜的莲卡把脸埋进尼古拉·尼古拉耶维奇的胸前，这样就可以暂时躲开那些接踵而至的不幸，哪怕只有一会儿也好。她不作声了。

他们给他的孙女起绰号叫丑八怪，还这样折磨她，折磨到让她决定离开。尼古拉·尼古拉耶维奇这样想着，觉得莲卡的不幸，狠狠地砸在了自己的心上。别人的苦难，他总是很难承受得住。这一点对于生活来说，是很困难的，但他并不想放弃这个习惯，也不想扔掉这个沉重又珍贵的负担。这就是他的生命和救赎。在这一刻，尼古拉·尼古拉耶维奇是这样想的，但他为了安慰莲卡，却说出了这种话：

“你干吗这样……”他抚摸着她柔软的后脑勺，“你不要理他们。”尼古拉·尼古拉耶维奇的声音颤抖着，暴露了他的焦急。“你学学我吧，我总是很平静，默默地做自己的事情。”他几乎是在挑衅地大喊，“你听见他们给我起外号叫补丁老头了吗？一群可悲的家伙！他们根本不明白自己在搞什么。”然后他突然又轻轻地、不确定地问道：“你做了什么？他们为什么要这样对你？”

莲卡从他怀里挣脱出来，背过身去了。

“什么都不该问她的，不该问的。”尼古拉·尼古拉耶维奇想。但是那些话不由自主地从他的嘴里说了出来。她到底做了多么可怕的事情啊，搞得他们都疏远她，鄙视她，还把她当兔子一样追赶？……

“好啦，好啦！”尼古拉·尼古拉耶维奇说，“对不起……你决定离

开，那就是说，你需要这样做。我以前一直是一个人生活的……以后我也会一个人生活。"他沉默了，因为这些话让他感到不是滋味，"我习惯了有你的生活，不是吗？但我会戒掉这种习惯的。"

这时候，他像往常那样蜷缩起身子，就像雨中的鸟儿一样，同时又把帽檐往下拉了拉，遮住眼睛。

"对我来说，这一切都太意外了。"尼古拉·尼古拉耶维奇继续说，"我们在一起住着，但我对你却一点儿都不了解。我没有看清楚你的心灵，这才是最让人难过的地方。"

他把手伸进口袋，掏出一个破旧的钱包，然后花了很长很长的时间在钱包里翻找。他在等，万一莲卡再说些别的话呢？比如她改主意了，说自己哪儿都不去了，这样他就可以把钱包重新塞回口袋里。他拖延着时间，深深地叹着气，但这根本没有帮到他。莲卡一直是沉默的。

"给。"尼古拉·尼古拉耶维奇边说边把钱递给莲卡，"你去买两张明天的票吧。我把你送到莫斯科去坐飞机。"

"可是我特别想要买今天的票！"莲卡悲哀地叹了一口气，"今天就走！现在就走！"

"但这太胡来了。"尼古拉·尼古拉耶维奇拒绝了，"你看看你都带了什么东西啊，你的课本呢？还有大衣呢？那里早就下雪了，你立马就会得咽炎的！"

他一直说啊，说啊，却被她打断了："今天就走！现在就走！"但他下定决心要拖延下去，虽然他很清楚自己所有的理由都是微不足道的，

最重要的原因其实是，他自己特别不想让莲卡离开。所以他把话说到一半就停了下来，向她俯下身去，用祈求的语气小声承认道："我没法这么快就走啊！明天走好不好？"

莲卡抢走了尼古拉·尼古拉耶维奇手里的钱。

"你听见了吗？我同意让你明天走。"他最后一次请求道。

尼古拉·尼古拉耶维奇让莲卡感到困惑。说这话的人，是她的爷爷吗？

她抬眼看到了他那安详而平静的脸庞。这个老兵的嘴唇坚毅而干燥，那从太阳穴延伸到唇边的伤疤变得发白，迷茫的眼睛藏在帽檐后面，像叛徒一样出卖了他，泄露了他内心强烈的不安。

"你袖子上的补丁开线了。"莲卡突然注意到了这一点儿。

"得缝上。"尼古拉·尼古拉耶维奇摸着补丁说。

在莲卡的眼里，爷爷脸上的伤疤又不太明显了。她说道："你还是给自己买件新外套吧。"

"我没钱买啊。"他回答说。

"他们就是这么说你的，说你是个……吝啬鬼。"莲卡咬住了自己的嘴唇，但是伤人的话已经出口，收不回来了。

"说我是吝啬鬼？"尼古拉·尼古拉耶维奇大声地笑了，"太可笑了。"他开始认真地打量起自己的外套，"你觉得，我穿这件外套出门已经不体面了吗？……你知道吗，我很喜欢这件外套啊。旧衣服里面总会藏着一些神秘的东西……每个清晨我穿上这件外套，都会回想起很多年

前，我和你奶奶是如何买到它的。是她挑了这件外套……而你却让我买件新的！……"

他们的目光又交会了……不，不是交会，而是碰撞，因为两个人都在想离开的事情。

"好吧。"莲卡说，"我明天走。"然后她买了两张票。

雨悄无声息地下了起来，伴着他们一起走在回家的路上。这雨冲刷着干燥的土地，而他们甚至没发觉它是什么时候开始下起来的。

当他们走进房间的时候，音乐声和同学们的叫喊声从打开的小窗户里飘了进来。

"他们在索莫夫家玩呢。"尼古拉·尼古拉耶维奇突然意识到自己说错了话，装作不经意地关上了窗户。

但是音乐声和叫喊声太大了，就连紧闭的窗户都没能阻挡得了。

于是尼古拉·尼古拉耶维奇坐到了钢琴前面，他从前很少这样做的。接着他像抗议一样打开了琴盖。

他发现莲卡注视着他，问道："你干吗这样看着我？我不知为何被音乐吸引了。别用你的目光给我催眠。"

尼古拉·尼古拉耶维奇开始挑衅地大声演奏起来。然后他突然不弹了，沉默地看着莲卡，眼神里带着无言的责备。

"你不要这样看着我！"莲卡没忍住，尖叫道，"你一个人待在这里做什么啊？……你带上这些画，我们一起走吧！"

"你说什么啊……冷静点！"不安的尼古拉·尼古拉耶维奇开始仔

细看他的那些画，"这是不可能的。这些画是在这里诞生的……在这片土地上……在这个小城里……在这条河旁边……它们永远住在这里……战时的某一天，我躺在医院里做了一个梦，梦见我像个小男孩一样站在这些画中间，太阳的光斑在画上奔走跳跃。那时候我就决定了：假如我能活下来的话，我就永远住到家乡的老屋里……我没能立刻做到，但无论如何还是回来了。现在我觉得自己从来没离开过，觉得我一直都在这儿……你明白吗，一直一直都在这里……"他的脸上突然绽放出了微笑，笑得有些惭愧而不设防，"我觉得自己在这里住了好几百年……而我的人生是另一个人生命的延续……或是好多个人生命的延续……我对你说的是实话。有时候我甚至觉得，画这些画的不是我的曾曾祖父，而是我……觉得那个在小镇里建起第一座医院的医士，不是我的祖父，而是我……只有对着你，我才能承认这些。其他人不会理解，而你却能够深深地理解我……当你到这里来的时候，我这个老傻瓜痴心妄想，以为你也会和老家建立起深厚的联系，在这些画中间生活很长很长的时间。就让你的父母满世界跑吧，你住在老家就好了……但是愿望没能实现。"

尼古拉·尼古拉耶维奇突然走到莲卡面前，坚定地说道："听我说，让我们来解决这件事情吧。"接着，他努力地用精神饱满的语气说："你回到学校里去，然后就完事啦。"

莲卡听了，立刻像子弹一样从尼古拉·尼古拉耶维奇身边冲了出去，抓起那只倒霉的书包，向门口冲去。

尼古拉·尼古拉耶维奇挡住了她的去路。

"你让开！"莲卡说。尼古拉·尼古拉耶维奇还从来没在她脸上看到过如此疯狂的表情。她的嘴唇和脸色都像粉笔一样惨白。"你最好让开！……我说过了！……"她这样叫喊着，然后把书包扔向了他。这只书包在他耳边呼啸而过，"啪"的一声撞上了墙。

尼古拉·尼古拉耶维奇惊讶地看着莲卡，离开门坐到了沙发上。

莲卡犹豫不决地站了一会儿，整个人都瑟缩起来，惭愧地低下头，然后胆怯地坐在了爷爷的身边。

"你不要生我的气……好吗？"她请求道，"你别生气。我只是有些发狂了。我总是做一些不该做的事情。"莲卡看了看尼古拉·尼古拉耶维奇的眼睛，说，"你原谅我了吗？原谅了吗？……"

"我什么都没原谅。"尼古拉·尼古拉耶维奇生气地说。

"不，你原谅我了，你原谅我了！我从你的眼睛里看出来的。"她开心起来，"我……太入神了……"

"这算什么'太入神'啊。"尼古拉·尼古拉耶维奇回答说，"你差点儿把你亲爷爷的脑袋打掉。"

"这不是真的。"莲卡说。

她的脸突然不同寻常地变了样，变得真诚又愉快，嘴巴咧到了耳朵边，脸颊鼓得圆圆的。这副模样让尼古拉·尼古拉耶维奇也微笑了起来。

"我是朝旁边扔的！"

突然，她的表情又变了，变得有些绝望。

"你千万不要打断我的话，好吗？不然我会崩溃掉，就没法再讲了。而我要把一切都告诉你，全都是事实，不要花样。"

　　"好的。"尼古拉·尼古拉耶维奇高兴了起来，"你冷静下来讲……不要着急，详细地说，这样容易一些。"

　　"你再打断我的话，我就走！"莲卡撅起嘴，眯起眼睛，"我现在不像以前一样了，我很果断的。"然后她就开始讲了。

第 五 章

　　"当我第一次去上学的时候，我们的班主任玛格丽塔把红毛叫进教师办公室，吩咐他把我带到班里去。我和红毛沿着走廊走着，一路上我都想要跟他交朋友，捕捉他的目光，冲他微笑。而他的回应就是笑，笑到喘不过气来。

　　"他当然会这样了，毕竟我的微笑看起来很蠢，嘴巴咧到耳朵边上去了。所以我使劲想用头发盖住自己的耳朵。

　　"当我们快走到班里的时候，红毛没忍住，冲上前去飞奔进了门，然后喊道：'同学们，我们这里来了个新同学！'

　　"然后他笑得停不下来了。

　　"在这之后，我就不知所措地待在了原地，我的身上经常会发生这种事情。

　　"红毛飞奔回来，抓住我的手把我拽进教室里，然后又开始哈哈大笑。无论是谁处在这种情况下，都会跟他做同样的事情。

　　"也许如果我是他的话，我简直会笑死，毕竟我这么笨拙难看，这并不是任何人的错啊。我没有生红毛的气，甚至还很感激他，因为是他

把我拽进去的。

　　"不过，就像有谁是在故意为难我似的，我的脚在门口绊了一下，扑到了红毛身上，我们两个人都倒在了地板上。我的裙子掀了起来，书包也脱手了。

　　"当时班里的所有人都围住了我，兴奋地打量着我。我站起来，微笑又一次把我的嘴唇拉长了。只要大家靠近我并仔细看我，我就没法不保持微笑。

　　"这时，瓦利卡大叫道：'嘴巴咧到耳朵边，不如给它缝上线！'

　　"瓦西里耶夫把手指头塞进嘴里，拉长嘴唇，扮出一副可怕的鬼脸，然后大声说：'我也

能这样！我也是"嘴巴咧到耳朵边，不如给它缝上线"！'

"而蓬头笑得早已喘不过气儿了，他问道：'你是谁家的？'

"'我姓别索利采娃……叫莲卡。'我又友好地微笑了起来。

"红毛激动地大喊起来：'同学们！……她是补丁老头的孙女！'"

莲卡停下来不讲了，瞟了尼古拉·尼古拉耶维奇一眼。

"你讲吧，讲吧，不要难为情。"尼古拉·尼古拉耶维奇说，"我向你说过我对这些事情的看法。我对这种事有着最大限度的宽容，完全不会生气的。"

"我之前根本不知道这些嘛。"莲卡接着说，"而且我根本都不知道你的外号……我没有准备……我就说：'我的爷爷是补丁老头吗？你们为什么要给他起这样的外号？……'

"'有什么不好的？'蓬头说，'比方说我，他们都管我叫蓬头，那个红头发的叫红毛。你的爷爷叫补丁老头，这名字响亮不响亮？'

"'响亮。'我附和道。

"我以为他们都是一些有趣的人，喜欢开玩笑。

"'那就是说，你们很了解我的爷爷喽？'我问。

"'那当然了。'蓬头说，'他可是我们这儿的名人。'

"'是啊，是啊……他特别有名。'瓦利卡帮腔说，'有一次我跟你爷爷私下里谈话，我问他为什么不养狗。你知道他是怎么回答我的吗？他说我不养狗，是因为不想吓到别人。

"我感到很高兴：'就是这样，这很棒的。'

“然后其他的同学也响应道：‘很棒啊，很棒啊！’

“‘我们一直很清楚地记着他那些话。’瓦利卡继续说，‘当我们在他的园子里……我们那是在做什么来着？’

“‘采苹果！’红毛跟着他喊道。

“不知为何，所有人又一次哈哈大笑了起来。”

莲卡突然不作声了，看着尼古拉·尼古拉耶维奇。

“我真是傻瓜啊。”她说，“直到现在我才明白，他们是在笑话我。”莲卡挺直她那单薄又细瘦的身子，说，“我那时候应该为你辩护的啊……爷爷！”

“这都是一些小事儿。”尼古拉·尼古拉耶维奇回答说，“我甚至愿意让他们拿我的苹果。我经常偷看他们，他们在我的园子里麻利地干活，猫着腰奔跑，在怀里塞满苹果。我就像是在跟他们玩游戏：我装作没有看到他们，而他们则勇气十足地搬运着我的苹果，仿佛冒着生命危险。虽然他们也知道，我并不会拿他们怎么样的。”

“你是善良的人！我那时候就回答他们说，你是个善良的人。

“而波波夫说：‘我妈妈在他的外套上打了补丁。我妈对他说一个拿着退休金的退伍军官，穿带补丁的衣服不太合适，而他呢，却说自己没有多余的钱了。’爷爷啊，波波夫说的人就是你。

“‘波波夫，你可真行啊！’红毛大叫道，‘你难道以为他是个吝啬鬼？’

“瓦利卡也附和道：‘他吝啬？他为了买一幅画，大方地给了我奶奶三百卢布，他说那是他的曾曾曾曾……’

　　"所有人都快活起来，开始尽可能地编造：'是曾祖母！'

　　"'是曾阿姨！'

　　"这时候我也开始哈哈大笑，他们把你的曾曾祖父说成曾祖母和曾阿姨，是不是真的很好笑？"莲卡问尼古拉·尼古拉耶维奇，"我一直在大笑，怎么都停不下来。我只要一笑，就会把一切都忘掉。"

　　莲卡突然短促地笑了一声，就像是铃铛"叮当"响了一下就落到了草丛里。然后她又抿紧了嘴唇。

　　"我以前是会把一切都忘掉的。"莲卡说完，又愤愤地补充道，"而现在……"

　　她沉默了。

　　尼古拉·尼古拉耶维奇耐心地等待她继续讲下去，他答应过自己，不会打断她讲话，而且他自己也想搞清楚所有这些事情。听莲卡讲话是很轻松的，因为她声音的抑扬，眼睛的神采吸引着他。她的眼神有时就像被水浇过的煤一样黯淡无光，有时又突然燃烧得很灿烂。

　　尼古拉·尼古拉耶维奇在自己漫长的一生中，从来没有见过这样的脸。这张脸上似乎散发着神秘的时间之力，就像是跨越了一个世纪，又来到了他的身边。他经常敏锐地察觉到这一点儿。

　　也许，是在《玛莎》这幅画出现在他家里以后，他才有了这样的感觉吧！

"其实假如不是瓦利卡的话，我可能永远都笑不完。"莲卡又一次开口说话了，"你在他奶奶那里花了三百卢布买了一幅画，他觉得很好笑。他说：'奶奶差点儿没乐死，她本来以为自己能拿到二十卢布，但他却给了她三百！……'"

"瓦利卡跑到黑板旁边，画了一个不比书包大的方块。

"'就为了这么一丁点儿大的画，他花了三百！'瓦利卡尖声叫道，'而画上只是一个拿着面包的普通大婶。'"

"那是《拿着大圆面包的女人》。"尼古拉·尼古拉耶维奇严厉又意味深长地插嘴说。

"我是知道的啊，你别担心，我知道你所有的画。"莲卡为自己辩解道。她接着说："大嗓门的瓦利卡尖叫着说：'你还要转告给你的爷爷，说我们恭喜他有这样的一个孙女……完全跟他一个样！'

"'她跟补丁老头啊，真是一路货色！'红毛插嘴说。

"而我不知为何附和道：'没错！我跟爷爷就是一路货色！'"

尼古拉·尼古拉耶维奇能够想象到，莲卡当时是怎样喊出这些话的，也许是出于困惑吧。说出这些后，莲卡似乎挺开心的，在原地跳跃着，像小鹦鹉似的摇着头，嘴角高高地翘上天去。他喜欢她那无助又真诚的微笑。而对于那群人来说，这微笑只不过是笑料而已。

蓬头就是这么喊的："真是笑料！你可真滑稽啊，叶莲娜·别索利采娃！"

而红毛当然又跟着喊："她不是滑稽的人，她是个丑八怪！"

"看菜园的丑八怪！"瓦利卡笑到喘不过气。

当然了，他们开始笑话莲卡，每个人都在用自己的方式搞怪。

有人捂住自己的肚子，有人蹬着腿，有人喊着"哎哟，我再也受不了了。"

而莲卡有着真诚的心灵，她以为他们只不过是在玩闹，在笑她说的话、讲的笑话，而不是在笑话她本人。

莲卡发现尼古拉·尼古拉耶维奇有些怀疑地安静了下来，就好像是在对她说的话感到不满一样。

"爷爷，你没在听我说话吗？"她用颤抖的嗓音问道，"这是为什么？"

尼古拉·尼古拉耶维奇窘迫地抬眼看着她，不知道该怎么办才好。他不想说实话，不想又让她伤心一次，但是却又没有办法去撒谎。

"你别回答了！"就好像是被闪电刺穿了一般，她猜到了一切，"你开始可怜我了对吗？是不是？他们嘲笑我了对吗？嗯？……那时候就已经开始嘲笑我了吗？"她悲哀地笑了起来，"想想吧，我那时没有想到。我全都信以为真了……没错，他们确实是嘲笑我。我用局外人的眼光看自己，发现我曾经是一个好大的傻瓜啊……"然后她平静地补充说，"没错，就是一个大傻瓜。"

她突然把整个身子转向尼古拉·尼古拉耶维奇。他看到了她那双又大又悲伤的眼睛。

"爷爷！亲爱的爷爷！"她抓住他的手，亲了又亲，"你原谅我吧！"

"原谅什么呢？"尼古拉·尼古拉耶维奇没明白。

053

"原谅我相信了他们，而他们却是在笑话你。"

"难道这是你的错吗？"尼古拉·尼古拉耶维奇说，"他们笑话了我，这也不是他们的错。只能去怜悯他们，努力地帮助他们。"

"也许你是爱他们的吧？"莲卡怀疑地看着尼古拉·尼古拉耶维奇。

尼古拉·尼古拉耶维奇没有立刻回答。他沉默了，想了一会儿，然后说："当然。"

"也爱瓦利卡吗？"莲卡愤怒地说，"也爱红毛和蓬头吗？"

"我并不喜欢他们单独的每一个人！"尼古拉·尼古拉耶维奇担心到说不出话，喘不上气，"但是我爱他们这一个整体，因为他们是人啊！"

"假如你再发疯的话，"莲卡说，"那我就不讲了。"

"我没在发疯啊。"尼古拉·尼古拉耶维奇笑了，"真有你的，都不让我喘口气。你继续讲吧，讲吧，我听着。"

"总之，当红毛管我叫丑八怪的时候，"莲卡继续讲，"有人重重地推了他的后背……那是我第一次看见季玛·索莫夫……你知道吗，他一下子就让我震惊了。他的眼是那么蓝，头发是金色的，有一张端正的脸。他浑身上下都充满了神秘，就像'入睡的男孩'一样。

"他重重地推了红毛，红毛撞到了傻大个波波夫的肚子上，然后向季玛冲了过去。我想尖叫，阻止他们为我打架。就算我是个丑八怪又怎么样呢？但是他们已经厮打起来了。

"我闭上了眼睛。每当有人开始打架的时候，我总是会这样做。我还没有把最重要的一点儿告诉你：我之前是个胆小鬼，只要我一害怕，

我的胳膊和腿就会变得麻木，像个木偶一样，一动都不能动。

"只不过他们并没有打起来。我听见了季玛平静的声音：'你自己才是丑八怪呢，而且不是看菜园的丑八怪，只是个普通的红头发丑八怪。'

"我睁开眼睛，发现季玛用一只手扭住红毛，紧紧地抓着他。而红毛也没想要挣脱出来，只是沮丧着脸大喊：'我是个普通的红头发丑八怪！'

"所有人都开始笑话他，他自己也笑自己，笑得比谁都响。你是见过他的啊，爷爷！"莲卡说，"他是不是很好笑？……他就是个马戏团的小丑，连假发都用不着戴，因为他的头发天生就是红的！"

"在我们笑话红毛的时候，快乐的玛格丽塔跑了进来。她一只手拿着班里的花名册，另一只手提着一个用彩色塑料袋包着的东西。

"啊，是新同学！"她看到了我，"要安排你坐在哪里呢？

056

"她的目光扫过一排排课桌寻找着……之后她就把我忘掉了，因为女孩们围住她，问她是不是真的要嫁人了。玛格丽塔回答说是真的，脸上洋溢着幸福，匆匆忙忙地撕开袋子拿出一盒糖果，打开来放在桌子上。

"'是您的未婚夫送的吗？'机灵的施玛科娃小声地说。

"'是他送的。'玛格丽塔变得更加喜笑颜开，她大手一挥，说，'你们拿去吃吧。'

"所有人都一下子从座位上跳起来，抓起那些糖就往嘴里塞。而玛格丽塔说：'一人一个！一人一个！不然不够所有人分了。'

"我也拿了一块糖。

"而施玛科娃往嘴里塞了一块糖，又把另一块递给了季玛。然后大家就开始起哄了！

"女孩子们七嘴八舌地询问幸福的玛格丽塔：

"'玛格丽塔·伊万诺夫娜，您的未婚夫是做什么的呢？'

"'您有他的照片吗？'

"'他住在莫斯科吗？'

"这时候米罗诺娃出现在门边。

"她是个很特别的人，意志力非常强。

"'都打完上课铃了，你们怎么还在这里吵闹？'米罗诺娃问。

"'我们在吃喜糖！'施玛科娃大声喊道。

"'在上课的时候吃糖吗？'米罗诺娃愤愤地说，坐到了自己的位子上。

"施玛科娃递给她一块糖说：'你拿着，安静点吧。你自己都迟到了，还在这里显摆呢。'

"'安静！'玛格丽塔说，'米罗诺娃说得对，都回到自己座位上去！'

"所有人都回到了自己的座位上，玛格丽塔还是没有想起我来，我不知道自己要坐在哪里。我停在季玛身边，盯着他看。我有这样的习惯，假如我喜欢某个人的话，我就会一直看着他，看着他，尽管我知道这样很尴尬。他莫名其妙地看着我，然后问我想做什么。

"我于是问了一个愚蠢的问题：'你身边的座位空着吗？'

"'有人占了。'

"我就想，倒霉了吧，他很快就要开始嘲笑我了。而他突然微笑了一下，问道：'怎么了？'

"'我想坐在你旁边。'我回答说，因为他还在继续微笑，这份善意给予了我勇气。我说：'你救了我嘛。'

"我觉得他喜欢我说的这些话，因为他说：'那也好，我们现在试试。'

"然后他大声喊道：'施玛科娃，新同学想坐你的座位！'

"施玛科娃听到季玛的话，生了很大的气。她看了我们一眼，然后慢慢地朝我们走了过来。她走近后，我看到她的眼里闪动着愤怒的火焰。这时候我害怕了，毕竟假如座位已经被占了的话，我就不坐了啊。而施玛科娃走到我们旁边，用鄙视的目光打量了我一番，接着就转过头去了。当然了，她长得多好看啊！而我呢？"莲卡绝望地摆着手。

"你也差不到哪里去的。"尼古拉·尼古拉耶维奇觉得他有责任插嘴。

058

"你别再安慰我了。"莲卡生起气来，"她可是真正的美女啊！她的裙子是新的，还是量身定做的。而我的呢……就是件'伪装服'而已。"

"'伪装服'？"尼古拉·尼古拉震惊地重问了一遍，"这是我的错，我没想到裙子必须要量身定做。对不起。"然后他几乎是喊了出来，"但是你的眼睛很有灵气啊！还有纯净的心灵。这比量身定做的裙子厉害多了。"

"求你不要夸我了。"莲卡说，"我是一个坏女孩。我其实是一个叛徒！……我现在彻彻底底地明白了。"

莲卡沉默了。尼古拉·尼古拉耶维奇耐心地等着她再次开口说话。放肆的音乐又一次闯进这个房间，所有人仍然在季玛·索莫夫的生日会上玩乐。他们跳啊，叫啊，唱啊，而在这里，在别索利采夫的家里，却坐着两个垂头丧气的人，这两人不知道接下来要怎么做，也不知道现在要如何继续生活。

"那施玛科娃是怎么做的？"尼古拉·尼古拉耶维奇打破沉默。

"施玛科娃吗？"莲卡又重复了一遍，"她没做什么特别的事情。她把座位让给我了，说：'你这么喜欢我的座位，那我让给你。'然后她抓起书包，说：'我不喜欢这里了，书桌有点歪。而且我喜欢换座位。所以再见啦，小季玛！'在告别的时候，她终于看了我一眼，就好像刚刚才注意到我似的。她轻蔑地哼了一声，然后小声地说：'真是个丑八怪。'

"波波夫叫了起来，让施玛科娃坐到他旁边。施玛科娃把书包扔向他，他接住了。从这时候开始，波波夫就成了她的奴隶。

"这时候玛格丽塔宣布说，放秋假的时候，我们学校的学生要去莫斯科秋游。

"'所以说我们要一起去吗？'机灵的施玛科娃抢着说道。

"'一起去，一起去。'玛格丽塔微笑了，'所以你们去跟家长要钱吧，然后把钱带过来。'

"由于这个缘故，大家发出了兴奋的欢呼声。玛格丽塔笑了起来，用手捂住耳朵，这样耳朵就不会被吵聋。当然了，所有人都想去莫斯科过假期。

"我也在大叫，但是之后就停了下来，因为季玛对这个消息的反应太镇定了。当大家安静下来的时候，他重重地叹了一口气说：'又要用父母的钱……真讨厌。'

"'那你有什么建议吗？不去莫斯科了吗？'玛格丽塔问道。

"'不，他不会提这种建议的。'米罗诺娃插嘴说，'他并不知道自己要提什么建议才好。'

"'他很清楚自己要提什么建议呢。'施玛科娃温柔的声音响了起来，'他这是在新同学面前显摆呢。'

"大家当然都嘿嘿地笑了起来。

"玛格丽塔制止了施玛科娃。而我呢……说实话，不知道为什么，那时她的话让我感到很高兴……总之，我其实知道这是为什么，是因为

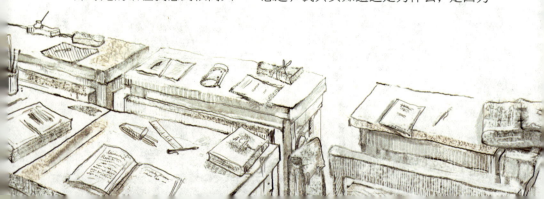

施玛科娃说，他那是在我面前显摆。

"而当班里又一次静下来的时候，季玛站了起来，得意地环视着同学们说：'我们自己赚去莫斯科的钱吧。'

"这时候我似乎被震动了一下。我跳起来喊道：'玛格丽塔·伊万诺夫娜！玛格丽塔·伊万诺夫娜！我可以说几句话吗？'

"唉，我那时候的样子大概就像一个热情洋溢的傻瓜吧。我当时完全没有想到这些，我只是觉得心里特别开心，想对大家说一些不同寻常的话。

"'我爷爷给我讲过很多你们这座小镇的事情……你们这座城很特别，很古老……只要来了，就想永远留在这里……不会拿它去换什么金山银山。这里真的很好！你们都特别好！我支持索莫夫的提议！'我向季玛微笑了一下，最后终于坐下了。

061

"'我们的索莫夫还是这么棒！'玛格丽塔说，'我也很喜欢他的主意……当然了，你们已经是大孩子了，完全可以工作。'她继续说，'我也许会帮助你们。不过……你们不会让我失望吧？……'

"这时候所有人都大喊道：'玛格丽塔·伊万诺夫娜，瞧您说的！您尽管去帮我们联系工作吧！'

"'我们会夜以继日地工作！'

"'从早到晚！'

"我们就这样开始工作了，去国有农场采摘晚熟的黄瓜和白菜。你不要觉得我们只是为了钱才工作的，我们有时也不要钱，比方说在幼儿园里免费工作。我们还清扫过小镇的街心小公园……当然啦，并不是所有人都喜欢免费干活，也许正是由于这个缘故，我们之间才开始发生争吵的。比如瓦利卡，只要我们去免费工作，他一定会跑掉。在一个星期天的清晨，玛格丽塔带我们去国有农场的果园采摘苹果。

"所有同学都是穿着胶靴来的，而我穿的是便鞋。露水立刻把我的鞋子打湿了。

"季玛注意到了，脱下自己的靴子递给我，让我换上。那一刻，他光脚站在寒冷潮湿的草地上，把装着羊毛袜子的胶靴递给我。我犹豫着，不知道该不该去接。

"同学们围住我们，震惊地张大了嘴。

"'哇，索莫夫真行啊！'

"'简直是骑四①啊。'瓦利卡也跟着喊。

"'简直是狮心王②！'红毛插嘴说，被自己的俏皮话逗得低声笑。

"'我们要一直站在这里看别人搞对象吗？'施玛科娃凶狠地打断了他们，'我们好像是来工作的吧，不是吗，小季玛？'

"有人又嘿嘿笑了起来，而季玛根本没有在意，把靴子扔给我就走了。

"我费劲地穿上季玛的袜子，把脚塞进他的靴子里。那双袜子仍然带着他脚上的温度，暖洋洋的。

---

① 瓦利卡把"骑士"一词说错了。

② 狮心王指理查一世，英格兰国王亨利二世的次子，是金雀花王朝的第二位国王，他作战像狮子一样勇敢无畏，因此被称作狮心王。

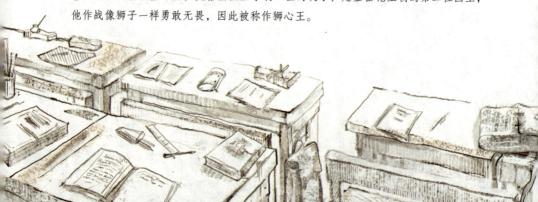

"爷爷，你知道我那时候有多开心吗！"莲卡笑了，"我好开心好开心啊！也许是因为季玛把他的靴子给了我吧！"她调皮地看着尼古拉·尼古拉耶维奇，"不是的，也许只是因为果园里太美了。"

这是尼古拉·尼古拉今天第二次听到她的笑声。他很喜欢莲卡这个样子，因为她忘记了被大家叫作丑八怪的事情，忘记了是因为他提议让她回学校，她才向他扔书包的……她忘记了一切，又重新变得幸福了起来。

莲卡仍然在看着远方，似乎在回忆不久前发生的那美好的一幕。

她的面前出现了一幅极美的图画……那是一个结满蛛网的果园。成百上千个大大小小的蜘蛛网缠绕在苹果树之间，挂在草丛上，覆盖着灌木丛。

同学们在果园里四散奔跑，每个人都尖叫说自己看到的蛛网是最有趣的。他们的声音像鸟儿的鸣叫声一样，愉快又兴奋地在树林间清脆作响。

然后大家都开始摘苹果。莲卡一边摘，一边偷偷地观察季玛，看他是如何灵巧地在树木之间攀爬，如何勇敢地跳跃，如何在太阳耀眼的光线中，飞快地从果园的这一头跑到那一头。

他们一直工作到午饭时间才停了下来。快收工时，他们生了篝火烤苹果。

红毛打赌，赌自己能赤手空拳从火里取出烤好的苹果，分给女孩们。

"爷爷，之后发生了很奇怪的事情。你还记得吗，我们曾经在儿童玩具厂里干过活？……我们在那里把纸浆糊成动物面具。"

尼古拉·尼古拉耶维奇点了点头。

"是这样的，当时在工厂里，我第一次明白了人并不都是一样的。是的，是的，你不要笑。我突然发现，我觉得很好的事情，在施玛科娃看来也许是很好笑的，而在米罗诺娃看来简直是愚蠢的。我本来该有所警惕的，可当时却根本没在意！"她的表情变得非常吃惊，"你继续听吧，由此发生了一些事情……"莲卡激动地喘了一口气，继续说道，"我们已经干完活了，我糊好了兔子面具，想把它搁在沿着墙壁摆放的架子上，和其他面具一起晾干。然后我突然改变了主意，想把面具戴在脸上试一下。

"这时候季玛回来了，他去拿我们的工钱来着。所有人当然都扑向了他，问道：'怎么样啊，拿到了吗？'

"'多少钱？'

"'拿出来！别拖延！要急死啦！'

"他们向他围了过来，试图把手伸进他的口袋。

"'红毛！把存钱罐拿出来！'季玛一边喊，一边抵抗着逼近的人群。

"我们那时候已经有存钱罐了，是个很好看的绿色小猫，它的头顶上有个洞。

"红毛把存钱罐放在季玛面前……然后好戏就开始了！

"季玛把手伸进口袋，在里面翻找了很长时间，终于抽回手，在头顶挥舞那张红红的十卢布钞票，然后把它扔进了存钱罐。

"'自己的钱啊！'蓬头嚷了起来。

"'五卢布！'季玛大叫道，又把钞票放进了存钱罐。

"'血汗钱啊！'红毛赞叹道。

　　"'每一戈比[1]都是用劳动换来的！'波波夫随声附和着他。

　　"季玛又把十卢布举过头顶，在空中挥舞着。"

　　莲卡表演了季玛挥舞钞票的样子。她坐立不宁，上蹿下跳，脸上的每根血管都激动得颤抖。

　　"他喊道：'十卢布！'然后把钱放进了存钱罐。

　　"'哇！'所有人一起发出惊叹。

　　"红毛向季玛发出请求，他也想向存钱罐里扔一枚硬币。季玛给了他一卢布，红毛扔进去了。

　　"这时候所有人都在喊：'也给我一个！给我一个！给我一个吧！'

　　"他给所有人分了钱，大家都按顺序扔进去了。

　　"然后季玛递给我一卢布的钞票，说：'兔子，你也扔一个吧。'

　　"他把这一卢布给了我，我太高兴了所以抓得很紧，结果这钱被扯成了两半，一半在季玛手里，另一半留在我手里。

　　"'真是个大马虎！'瓦利卡生气地说，'这可是钱啊，怎么能撕钱呢！'

　　"我吓到了，不知道要怎么办。但是季玛还是像往常一样帮了我。

065

───────────────

①　俄罗斯等国的辅助性货币。一百个戈比相当于一卢布。

"'没关系。'他安慰着所有人，'我们以后再粘起来就好。兔子，你把这两半钱都扔进去吧！'

"我照做了。

"'收工！'季玛命令道，'你们把工作服给我。'

"同学们脱掉工作服，把它们扔给季玛。

"'而你呢，你是最勇敢的兔子，我要把看守这个美丽宝箱的任务交给你。'季玛边说边把存钱罐递给我，自己去上交工作服了。

"我抓住存钱罐，喊道：'我是勇敢的兔子！世界上最勇敢的兔子！'

"红毛戴上老虎面具，向我咆哮起来：'吼哦……'

"'哎哟，我不怕哦！哎哟，一点儿都不吓人！'我推开了红毛。

"而施玛科娃戴上狐狸面具，像唱歌一样，用细细的嗓音叫道：'小灰兔，小白兔……我们要用计谋赢过你！我们要把你的宝箱夺走！'紧接着她狠狠地拧了我一下。

"我没想到会有这种事，要知道我们是在玩游戏呀。我喊道：'你干吗把我拧得这么痛？'

"'要是不痛的话，我还拧你干吗！'施玛科娃笑了。

"这时候其他同学也戴上了野兽面具，有狼，有熊，有鳄鱼，他们紧紧地围成圈困住了我。他们跳着，号叫着袭击我，还抢夺我怀里的存钱罐。其中有一头熊，像施玛科娃那样叫着：'小灰兔，小白兔……我们要用计谋赢过你！'我觉得那是波波夫扮的。

"大灰狼瓦利卡好几次重重地扯了我的辫子。我真的害怕了，就好像围住我的不是人，而是一群野兽。

"'不要啊！够了！'我想把面具摘掉，但是根本没成功，因为他们一直不停地推搡我。

"'抓到你了哦，小兔子！'施玛科娃用悦耳的声音叫道。

"'小兔子，我们要咬死你！'蓬头叫了起来，强迫我转圈。

"'吼哦！'红毛用粗野的嗓音咆哮着。

"'季玛……！'我叫了起来，摔倒在地板上，因为我有点晕头转向了。

"季玛跑进来问我为什么喊叫。我对他说我害怕极了。

"'怕谁？'季玛没明白。

"'怕所有的……野兽。'我回答道。

"'你看，连跟她闹着玩都不行。'瓦利卡说。

"'小灰兔……小白兔……我们要咬死你！'施玛科娃咯咯地笑了，'她真是太神经紧张了。'

"'小事而已！'米罗诺娃阴沉地说，'她只不过是在装腔作势罢了。同学们，我们走！……'

"全班人都跟着自鸣得意的铁钉离开了。

"而我在很长的一段时间里，一直觉得施玛科娃似乎很像狐狸，波波夫像熊，而瓦利卡像狼。

"我那时很羞愧，因为我把同学们想得那么坏。所以我在路上追上了他们，用自己的钱请所有人吃了冰激凌。我原原本本地把自己的秘密告诉了施玛科娃，说我觉得季玛像'入睡的男孩'。

"她那时特别满意，哈哈大笑后发誓不把这件事告诉任何人。但不知为何，我觉得她发誓的声音，让我想起她唱'小灰兔，小白兔……'的时候。施玛科娃是狐狸，真真正正的狐狸。我想我不该把一切都告诉她的……爷爷，你见过她的啊，她是只狐狸，对不对？而我那时并不知道，还有人是狐狸，是熊，是狼……

"后来我问季玛：'我刚才在工厂里居然觉得同学们非常可怕，你会怪我吗？'

"'瞧你说的。'他回答，'换作别人也可能会害怕。'

"你看，季玛是个多好的人啊，他很善良。"莲卡说，"之后他还表现成一个特别有正义感的勇士。事情是这样的……

"我和季玛一起回家，突然我们看到了瓦利卡。他慢慢地朝我们跑过来，用绳子牵着一条小小的狗。那条狗的腿是弯的，长着两只毛茸茸的大耳朵。

"瓦利卡一看见我们，就溜到拐角后面去了。季玛向他冲了过去，而我则跟在季玛后面。瓦利卡紧紧地贴墙站着，用奇怪的眼神看着我们。

"'你的狗狗好可爱啊。'我抚摸着这只小狗说，'不过它为什么抖得那么厉害呢？难道它生病了吗？'

"瓦利卡没来得及回答我，季玛就紧紧抓住了他，把狗抢过来放走了。

"'我的牵狗绳！'瓦利卡高声喊叫，从季玛的手里挣脱出来了。'彼得！……来帮忙啊！'

"我不懂为什么季玛这样疯狂，为什么瓦利卡喊着'牵狗绳'，还喊某个叫彼得的人来帮忙。

"瓦利卡的大哥彼得立刻就出现了。他很健壮，很快就要参军了。我立刻就认出来，他原来就是开清洁车的司机。

"而瓦利卡看到彼得以后，就叫得更厉害了：'彼得，他把我的狗放跑了，狗和牵狗绳都不见了！'

"彼得把季玛拉到自己身边，很有礼貌地说：'对不起了兄弟，但是我必须要让你尝尝疼的滋味。这是你自己活该。'

"他凶狠地对准季玛的颧骨揍了一拳，季玛一下子飞了出去，从我身边掠过，重重地摔在地上。

"'挨揍了吧？'瓦利卡哈哈大笑起来，'你现在知道我们的厉害了吧。'

"'再见了，孩子们。'彼得说。

"他们头也不回地走了。而我没有冲上去追他们，没有站出来替季玛撑腰，也没有喊人来帮忙。我真是太羞惭了！"

莲卡看了尼古拉·尼古拉耶维奇一眼。

"我跟你说过，以前我是个胆小鬼。我是现在才变得什么都不怕的。我永远都不会再退让了，永远都不会！不惜一切代价。而那时，直到瓦利卡和彼得完全不见踪影的时候，我才颤抖着走近季玛。

"无论是谁，处在这种情形下都会感到生气的，但是季玛没有生气。

"'我又害怕了。'我坦白道。

"'没关系，胆量是可以练出来的。'季玛揉了揉碰伤的地方，'这已经是我从他手里救下的第三只狗了！他把这些狗卖给屠宰场，一只一

卢布。'

　　"'瓦利卡就是这样的人！自从他在工厂里戴着狼面具袭击我开始，我就总觉得他是狼。'我向季玛承认道。

　　"'唔，这么说就有些过分了。'他回答说。

　　"'他是狼，是狼。'我大声喊道，'既然对他来说最重要的东西是钱，那他就是狼。'

　　"'彼得比瓦利卡还坏。'季玛说，'他用炸药在河里捕鱼。'

　　"'真遗憾。'我说，'我还以为小镇已经有八百年的历史了，所以住在这里的全是好人呢……但瓦利卡却亲手将鲜活的生命送去屠宰场。这样的人，我只在书里读到过。而你啊，季玛……你简直是英雄！'

　　"我真的觉得他是个英雄，但他害羞了：'你不要这么说！……'

　　"'不，你是真正的英雄。再也没有比你更真的啦！'然后我突然鼓

起勇气问道，'我可以和你交朋友吗？……'我甚至被自己的勇气吓到了。

"'好啊。'季玛同意了。

"我又问他：'我们一辈子都做好朋友吗？'

"'好啊。'他微笑了。"

"因为太兴奋了，我……"莲卡沉默了一会儿，"总之，我亲了他的脸颊。只是因为兴奋，因为他会是我最可靠、最亲近的朋友。"

"爷爷，我那时候可开心了！"莲卡的眼神变得欣喜若狂，嗓门也大了起来。当她为某件事感到高兴的时候，就不再害羞，也完全不再控制自己了。尼古拉·尼古拉耶维奇非常喜欢她的这个特点。

"你能想象得到吗？我亲了他以后一点儿都没害怕，反而快乐地笑了。

"季玛很惊讶：'这又是做什么？'

"我说：'从前女人就是这样感谢骑士的。'我那时候太开心了，甚至忘记了我的'嘴巴咧到耳朵边，不如给它缝上线'。我又说：'季玛，你就是骑士，你在瓦利卡手中救下了狗狗和我。那条幸福的狗正在对镇上所有的狗说："索莫夫真棒！"'

"这时候我的耳边传来了笑声和口哨声。

"我回过头，看到彼得和瓦利卡站在我们面前，他们手里牵着的正是季玛救下的那条狗，它可怜巴巴地耷拉着两只大耳朵。他们两个人都得意地哈哈大笑，因为又抓住了这条可怜的狗，而且还偷听到了我们的谈话。真是两条狼，他们是狼，不是人！

"我直接冲着他们尖叫道：'这太卑鄙了！居然偷听……'

"彼得说：'这位小姐生气喽。'还装出一副忧伤的表情。

"瓦利卡问季玛：'那你呢，骑四？你生气了吗？'他还无耻地推了一下季玛的肩膀。有彼得撑腰的时候，瓦利卡的胆子总是特别大。

"季玛向瓦利卡冲了过去！他连彼得都不怕。以前他就是这样的人！只不过彼得抓住了他，把他举了起来。季玛悬在半空中，扑腾着两条腿。要知道，彼得可是很健壮的，他的个子比季玛高两个头。他漫不经心地从牙缝里挤出几句话，几乎是像施玛科娃那样，用甜甜的嗓音唱出来的：'来啊，老朋友，我们再吻一个。'然后彼得用巨大的手掌抓住季玛的脸，扭转他的头，就像要把他的头拧下来似的。季玛没法呼吸了，因为彼得用手捂住了他的鼻子和嘴。'老朋友，我请你……'他又继续唱道，'不要把这只狗的小秘密泄露出去。说好了吗？……'

"'说好了。'季玛透过彼得的指缝，含混不清地说道。他一边说，一边还在试图撬开彼得的铁掌。

"'我很高兴你把一切都搞清楚了。'彼得冷笑说。

"瓦利卡又喊又笑，又和彼得一起牵着狗离开了。那条狗绝望地较着劲儿不走，摇着头，用自己的耳朵扬起灰尘。我太可怜它了。

"季玛斜眼看着我，在那对兄弟身后举起拳头做威胁的手势，不知为何，他喊叫的声音并不大：'嗬，瓦利卡！……等到了学校里有你瞧的！……'当他们离得很远的时候，他才稍微加大了音量：'你们是一群剥皮匠！'

"而我把双手放在嘴边做成喇叭的形状，这样声音就会传得更远。

我大声喊道：'剥——皮——匠！'

"彼得停了下来，向我们这个方向张望……我们突然消失得无影无踪，因为季玛抓住了我的手，带我跑掉了。我鼓起勇气问：'他真的听到我喊了吗？'

"'听到了。'季玛回答说，'但是你要明白，跟他们打交道要小心些。我们跟他比不了。'

"'他很壮。'我叹了口气。

"'所以我们就不要鸡蛋碰石头了。'"

"爷爷啊。"莲卡说，"你知道我是多么大的一个傻瓜吗？你能想象得到吗？！我听从了他的话。其实我一直以来都对他言听计从！……我现在知道了，听从别人的话是很糟糕的事情……"

第 六 章

六年级的同学在季玛的带领下，吵吵嚷嚷却又亲密无间地涌进了物理课教室。季玛一边走，一边挥舞着那个存钱罐。

他现在不管走到哪里都是老大。同学们都给他让路，对他言听计从，有任何问题都来向他请教。所有人都信任他，爱戴他，毕竟是他让大家成了独立的人啊。所有的学长学姐们，就连毕业生们都是拿着家长的钱去莫斯科，而他们班里的人可以用自己赚来的钱去旅行，这都归功于季玛·索莫夫。

他们开心地闯进物理课教室，想要把最后一节课上完……接着就是假期，还有莫斯科！……他们读了玛格丽塔·伊万诺夫娜写在黑板上的通知，那上面说，物理课换成了文学课。他们转身去另一间教室，但是在门口撞上了蓬头和红毛。蓬头炫耀着自己那勇士般的力气，单枪匹马地把所有人推进了教室。有人摔倒了，女孩们尖叫起来。蓬头和红毛对自己的胜利感到得意扬扬，用盖过大家的嗓音大喊大叫：

"自由啦——！"

"物理老师生病啦——！"

"放假啦——看电影去啊！"

季玛让他们不要叫，先念念黑板上的通知。蓬头和红毛开始一起拖着长音念了起来：

"同——学——们，你——们——将——有——一——节……"他们的两种嗓音交叠在一起，"文——学——课！"

玛格丽塔在最后签上了自己的名字"玛·伊"，当他们读到这里的时候，就像小羊羔一样叫了起来。

"玛——伊——"

很多人都喜欢上了他们的叫法，于是从四面八方传来了羊叫声：

"玛——"

"伊——"

"玛格丽塔——伊万诺夫娜——"

"上完课后我们还要去幼儿园工作。"季玛宣布说，"有辅导工作。"

"还做什么工作啊。"红毛说，"明天就放假了！……"

"我父母根本禁止我工作。"施玛科娃像唱歌一样地说道，"他们说：'你的本职工作就是学习，让爸爸妈妈来干活就好啦。'"

"我们还在长身体呢！"红毛用尖细的嗓音插嘴说。

"我们的身体很弱！"蓬头用浑厚的男低音说。

他们被自己的俏皮话逗得哈哈大笑。

"没关系，你们去干活吧，幼儿园那边还在等着我们呢。"季玛又开始劝说，"而你们这两位同志呢……"他对蓬头和红毛说，"假如你们不想干，就滚开吧！我们做了承诺，就要执行。"

"小季玛想当头儿呢。"施玛科娃说，"真是个大领导！"

"没错！"波波夫开始哈哈大笑，看着施玛科娃的脸色，"同学们！

季玛是大领导！……"

"我们现在就开除他。"蓬头走近季玛，"索莫夫，我们厌烦你了，也讨厌你那个存钱罐……"他环视着全班的人说，"我说的对吗？"

"哎哟，太对了！"红毛哼哼着说，"说到点子上了。"

季玛迷茫了。他怎么也没想到，自己居然会受到这样的攻击。他习惯了大家对他唯命是从的样子，但现在突然发生了暴动！这时候瓦利卡出现在门口。他倚靠在门边，漫不经心地声明："我不是拉货的马，不会白干活的。我们的国家够富有了。"

"你可算是出现了！"季玛的精神为之一振，"同学们，你们知不知道我们的瓦利卡在做什么？安静！……我这就让你们震惊一下！"

但是在瓦利卡的背后又冒出了一个戴着鸭舌帽的脑袋。这就是那位可怕的彼得。

"小瓦利卡。"他说，"我给你把小书包带来了。"他把书包递给瓦利卡，踱着四方步走向讲台，"你们好啊，亲爱的孩子们！……"他转向季玛，用手拍了拍他的脸，"还有你啊，兄弟，我再向你问个好。"他重重地呼了一口气，"当然了，偷听是很不好的，但是我听到了你们的谈话，明白了你们的分歧所在……你们当中的一些人渴望工作，同时又有一大部分人想要参与大众文娱活动，也就是参观当地的电影院。我觉得，少数人应当服从多数人。集体的准则就是如此。因此你们的问题呢，只不过是小事而已。"

他哼着小曲儿转向黑板，擦掉了玛格丽塔的通知。

"你们解放了！像风一样自由！……你们就像马达船，比起渔业资源保护机构的船，马达船的发动机要强力得多……再见了，孩子们！而你呢，兄弟，"他对季玛说，"请你不要欺负我的弟弟。"他用手指对季玛比了个威胁的手势，冲所有人微笑了一下就离开了。

莲卡以为季玛立刻就会冲向瓦利卡，把一切都告诉大家。但是不知为何，他不作声了。

教室里陷入了一片寂静，在绝对的寂静当中，红毛犹豫不决地发言说："也许，真的有个不知名的人来过，擦掉了……"

"你太聪明了！"瓦利卡高兴起来。

"也就是说，我们没念过这个通知，是吗？"施玛科娃笑了。

"同学们！……我们没念过，也没听说过。"波波夫插嘴说。

"我们的小波波夫变机灵了啊。"施玛科娃用唱歌似的语调夸奖道，"这是我教的……"

"我们会让玛格丽塔失望的！"季玛试着制止他们。

"闭嘴吧，应声虫！"瓦利卡大叫道，"看电影去啊！"

同学们一下子都从座位上跳了起来，冲向门边：

"去看电影！看电影去啊——！"

季玛堵住了他们的去路，但是他们太想去看电影了，假如瓦西里耶夫没有尖叫起来的话，他们肯定会冲过去的。

瓦西里耶夫是这样喊的："但是我没有钱啊！"

一切都是从这时候真正开始的。季玛不知为何突然忘记了，就在刚刚那一分钟，他还是阻止大家去看电影的那个人。他冲到教室中央，兴高采烈地喊道："瓦西里耶夫！我借钱给你！……谁没有钱，我就借给谁！……"接着，季玛用更响亮的声音说，"所以我们的说法是这样的：我们是去探望生病的物理老师了。"

"哇，索莫夫够聪明的啊！"红毛赞叹道，"我们去探望病号！这是我们的风格！"

"就像铁木儿队员[①]一样！"瓦利卡嗤嗤地窃笑起来。

莲卡也兴奋地笑了起来。她喜欢季玛这么机灵的样子。

而季玛已经在指挥大家两个两个地离开教室了。他头一个冲向门边，身后跟着莲卡。为了不落在季玛后面，莲卡甚至推开了一个人。

这时他们背后响起了米罗诺娃那尖锐的声音：

"我不去电影院！"

"你？"季玛又问了一遍。

"是的。"米罗诺娃回答说。

"你们看啊，她在跟所有人对着干！"季玛惊讶了。

"就是跟所有人对着干！"米罗诺娃的眼睛闪闪发亮。

"要是我们打你呢？"瓦利卡问道。

"你们试试吧。"米罗诺娃回答道，然后骄傲地坐在了自己的课桌上。

不知怎的，大家立刻噤声了，没有人敢对米罗诺娃动手。但季玛突然笑了起来，莲卡也跟着他一起笑，虽然她并不知道季玛在笑什么。其余很多人也开始笑，满怀希望地看着季玛。季玛的笑容可不是白来的，

---

① 卫国战争时，苏联少先队员铁木儿跟几十个朋友组织了一支队伍，暗中帮助军属烈属做事，帮助淘气的小孩子改正错误。

他已经找到解决的方法了。

"蓬头，力量是怎样的？"季玛问。

"力量是最重要的！"蓬头兴奋地回答。他用手抱起铁钉，在一片喧哗中，把她抱出了教室……

莲卡害怕地看了尼古拉·尼古拉耶维奇一眼。

她每次寻求帮助和支持的时候，回想起让她后怕的事情的时候，都会用这种害怕的目光看着他。她不安的眼睛里透射出胆怯而急促的目光，向尼古拉·尼古拉耶维奇诉说着自己的愚蠢、无用与可怜……莲卡的脸上又泛起她那独有的微笑，这微笑与众不同，只有她才会露出这样的笑容。莲卡的微笑，似乎在乞求得到所有的原谅。

同时，莲卡了解的情况，与真实事件略有出入。

原因在于，施玛科娃和波波夫并没有跟大家一起去看电影，而是留在了教室里。他们藏在装仪器的柜子里，当所有人都跑掉以后，他们就离开了藏身之地。

讲台上放着季玛忘记拿走的存钱罐。

施玛科娃舞动双脚，行走在课桌之间。她的心情好极了，而波波夫仍然像往常一样凝视着她。

"你看，季玛忘记拿他的宝贝了。"施玛科娃拿起存钱罐，"很重嘛。要是我有这么多钱的话，我就会给自己买个小戒指。"她转动着自己的手，仿佛已经有一只迷人的戒指戴在了她的手指上。

"我会给自己买一辆摩托车和两个头盔。"波波夫哆哆嗦嗦地说。

"真是两个头盔吗？"施玛科娃娇俏地问，"为什么是两个呢？……"尽管她很清楚，为什么波波夫想要两个头盔。

波波夫害羞了，没有回答。

"我们为什么没去看电影呢？"他试图改变话题。

"我没去，是因为我不想去。"施玛科娃说。

"我跟你一样。"波波夫笑了。

"我问你啊，波波夫……所以你为什么想买两个头盔呢？"她感到了自己对波波夫的影响力，并且很喜欢对他发号施令。

波波夫支吾着，脸蛋儿变得通红。

"说呀！"施玛科娃用命令的语气问道，"你干吗要磨蹭呢？"

"我……我……"波波夫勉强挤出了几个字，试图承认。突然，他听到了一阵脚步声，这无疑是救了他的命啊。他低声说："有人来了！"

施玛科娃立刻明白了。

她命令波波夫："藏起来！"然后自己钻到了课桌下面。

波波夫勉强挤了进去，跟她挨在一起。

玛格丽塔·伊万诺夫娜走进了教室，惊讶地看着黑板。她写的通知只剩下签名了——两个字"玛·伊"。

她慢慢地擦掉了签名。

"我们已经穿过了学校的院子，"莲卡讲述着，"这时候季玛忽然发现自己忘拿存钱罐了。

"'不能把钱忘掉，'瓦利卡说，'不然可能就全没了！'

"'我跑一趟！'我热情地叫道，猛力一冲，一只脚绊住了另一只脚，'咕咚'一下栽倒在柏油马路上，膝盖磕出了血。

"'真是笨手笨脚。'季玛说，'你在角落里等我。'然后他就跑进了学校。

"'你的马屁没拍成。'瓦利卡咯咯地笑。

"'我不疼！'我是故意对瓦利卡这么说的，尽管我又委屈又疼，差点儿大哭起来。

"'你到医疗站去一趟吧。'铁钉建议道。

"我一瘸一拐地向学校走去，有人跟在我身后笑话我。我瘸腿走着，很为自己的笨手笨脚感到羞耻，因此我也笑了起来，故意走得更加瘸了一些，想逗所有人发笑。

"走过物理课教室的时候，我听到了玛格丽塔和季玛的声音，惊恐地停了下来。季玛被逮到了。

"'你为什么一个人回来了？'玛格丽塔问，'其他人在哪里？'

"'他们走了。'季玛平静地回答说，'物理老师病了啊。'

"'但是我给你们写了通知，说会有一节文学课。'

"'是吗？……看来是有人擦掉了。'

"'季玛真是镇定啊。'我想。

"'不是有人擦掉了，而是你们擦掉了。'玛格丽塔不客气地回答道，她的声音都不像自己的了，'我不喜欢听别人撒谎。'

"季玛向她回答说，他也不喜欢听别人撒谎。

"'那你就承认吧……大家翘课去了哪里？你们是管这种事情叫翘课吧？……'

"季玛不说话。

"'你害怕说实话，是吗？'玛格丽塔不依不饶地问。

"她不停地批评他，责骂他……一开始她说我们是卑劣小人，然后我们成了卑鄙又不知感恩的人。她还说我们不懂建立良好的关系，没有人类的同情心。她说：'就在离开之前……难过……太难过了！简直是背后插刀！我怎么也没想到……'她的嗓音在颤抖。

"我开始可怜她了。她的好日子近在眼前，很快就是婚礼了，而我们却往她的背后捅刀子。然后她的嗓门突然变高了。我不知道季玛是怎么把她惹急了的，也许该怪他嘴角那一抹鄙视的冷笑吧，他的嘴边总是挂着这样的冷笑。

"总之她一直在骂他，而他一直忍着，直到她把他叫作'懦夫'。

"'我是懦夫？'季玛头一次发出了声音，这声音在我耳边清脆地回响。他声音非常大，也非常愤怒，因为她把他叫作懦夫。

"要知道他从前并不是懦夫啊，你是记得的，他在瓦利卡手里夺下了狗，还跟瓦利卡的哥哥彼得打过架。学校里流传着有关季玛的传说，说他在着火的棚子里救出了一只猫，只因为有个小姑娘哭个不停，说自己的猫还在那座棚子里。所有人都在安慰她，但是当然了，没有人钻进棚子里去……你想象一下吧，他得有多生气啊！他曾经把猫从火里救了出来，虽然他根本不喜欢猫，但他还是救了！而玛格丽塔却对他说：'你是个卑鄙又可耻的懦夫！'

"季玛是个骄傲的人，而她的这句话就像扇了他一耳光一样，毫不留情地抡起胳膊，啪！然后整间教室里都回荡着这个声音。

"我站在门后捂住脸，仿佛挨这一耳光的人是我。"

尼古拉·尼古拉耶维奇看到了莲卡捂脸的样子，就好像季玛遇到的这一切是刚刚发生的，就在上一秒钟。尼古拉·尼古拉耶维奇没有忍住，说道："我知道了，知道接下来发生什么了！我知道了。你开始同情玛格丽塔了。我把你看得透透的，你有一颗高尚的心灵。你冲进教室，把一切都告诉她了！"

"爷爷，你说什么啊，不是我告诉她的。"不知为何，莲卡压低了嗓音，"是季玛把一切真相都原原本本地告诉了她。"

"所以是他告诉了玛格丽塔，而不是你？"尼古拉·尼古拉耶维奇惊讶了，"那为什么他们都纠缠着你不放呢？"

莲卡没有回答尼古拉·尼古拉耶维奇。她继续讲，声音更大，语速更快了，讲得上气不接下气的。她匆匆忙忙地从嘴里吐出这些话：

"当季玛把一切都告诉玛格丽塔的时候，她非常吃惊。我觉得，她忘记了自己的婚礼，也忘记了未婚夫。她一句话也没回答就冲出了教室。我提前藏起来躲过了她。她的鞋跟在空旷的走廊里噼啪作响，很像打枪的声音。然后她没有忍住，跑了起来，鞋跟敲地板的速度加快了，变成机枪连续扫射的声音：哒哒哒！……

"当季玛挥舞着存钱罐冲过我身边的时候，我也躲过去了。我的脑袋里一片混乱，拿出手帕扎在腿上，然后跟上了他……"

莲卡不知道的是，这时候，施玛科娃那张狡猾的小脸从课桌下面探

了出来，而波波夫的表情里也写满了惊讶。他们脸上的表情非常准确地传达了自己的心情：施玛科娃非常满足，一抹意味深长又神秘的微笑照亮了她的面庞。而波波夫呢？很迷茫，甚至非常震惊。

"你看见了吧？"施玛科娃的声音兴奋到颤抖。

"这个季玛！"波波夫还不知道要怎么看待眼前发生的事情，他满怀希望地看向了自己的小女朋友，"接下来会怎么样呢？"

"会叫家长。"施玛科娃回答说，"但我俩是不会有事的。"

"啊，你的脑子真好使！"波波夫赞叹地说，"简直可以当政府委员……虽然我不羡慕他们。"

"而我不羡慕索莫夫。"施玛科娃的脸上又流露出了一丝微笑，用狐狸似的声音唱道，"同学们会给他放场'电影'看看的……"

"蓬头会把他治得服服帖帖的！"波波夫嘿嘿地笑，想讨好施玛科娃。

"我很好奇，现在别索利采娃会说什么呢？"施玛科娃沉思着，脑海里形成了一个清晰明确的方案。她抓起书包，边走边向波波夫喊："快点！……我们去看看季玛怎么承认……这可是一出好戏！"然后她冲出了教室。

波波夫一如既往地跟在她后面。

"我在路上追上了季玛。"莲卡继续说，"他一开始跑得很快，很坚决，然后不知为何又走得很慢，最后完全是在慢吞吞地挪动……他甚至停下来几次，就像完全不着急去看电影一样。

"我们终于追上了同学们。我以为季玛会立刻把一切和盘托出，这样一来我们就不去看电影了。而他什么都没说。也许他是不想破坏大家的好心情吧？于是大家一起去看了电影。

"看电影的时候，我一直在想季玛和玛格丽塔，怎么都看不进去，没法集中注意力。我们吃的冰激凌，也被我不小心掉在了地上。

"看完电影后我又在等：季玛很快就会把玛格丽塔的事讲出来的，季玛很快就会把玛格丽塔的事讲出来的……我抖得非常厉害，铁钉注意到了，问我为什么抖成这个样子。我回答说我不知道，但是心里却想：'也许，季玛没有把这件事告诉同学们，是因为他想先和我商量一下吧？我可是他最好的朋友啊。'

"之后大家都跑掉了，我和季玛两个人留了下来。我又在等，想着'他这就要把一切都说出来了'。我一边走一边看向他的眼睛，但他什么都没说，我也没问。

"后来我骂自己是个傻瓜。你想想吧！如果我问了他，如果我对他说我全都知道了，那一切都会不一样了。爷爷，他真的以为自己是个英雄。他还不了解自己，不知道自己其实是个懦夫，我也不知道自己很快就会成为一个叛徒。"

"既然这一切都是他做的，那你怎么会是叛徒呢？"尼古拉·尼古拉耶维奇问。

"我成了真正的叛徒。"莲卡的脸上又浮现出悲伤的表情，小脸缩成一团，眉头皱起，努力不让自己流下眼泪，"你听我讲吧，然后你就什么都知道了……"

第 七 章

"第二天早上，当我和季玛走进教室的时候，迎接我们的是盛装打扮的欢乐人群。那不是一间教室，而是一个繁花似锦的花坛。所有人都准备好去旅行了，只有米罗诺娃一个人还像往常一样穿着校服。

"当玛格丽塔出现的时候，所有的女孩子都开始向她鼓掌，因为她穿着一件非常漂亮的粉色新裙子，配上红色的花朵。她是要去结婚啊！但是玛格丽塔丝毫没在意我们的兴奋。

"我看到她一脸严肃的表情，立马吓了一跳。我偷偷地看了一眼季玛，很明显，他也害怕了。我想，我们很快就要因为昨天的事情而受到惩罚了。事实果然如此。

"玛格丽塔的手里拿着一张纸。这张纸是校长的命令书。

"你知道上面写的是什么吗？……'由于六年级学生蓄意逃课，降低所有涉事学生在第一学期上半年的操行纪律分。对班主任玛格丽塔·伊万诺夫娜·库兹明娜记口头批评一次。将发生的情况告知所有涉事学生的家长……'

"纸上就是这么写的。而我们打扮得漂漂亮亮地坐在那里。我们本来是打算去莫斯科的啊，课桌之间的过道上放满了行李箱。

"存钱罐就立在讲桌上。我们无数次地幻想当着玛格丽塔的面把存钱罐打碎，然后拿上这笔钱去游玩。

"这时候我们听到大巴车开进了院子，学校里响起了悠长的铃声。这是启程的信号啊！我们都立刻冲向了自己的行李箱。但玛格丽塔却喊道：'待在原地别动！'

"'您干吗要这样喊？'米罗诺娃挑衅地问玛格丽塔，然后又说，'我们是人，不是服务犬。'这种话也只有米罗诺娃能说得出来。

"周围一下子变得非常安静，但是没有一个人回到座位上。所有人都站在原地，等待事态的发展。玛格丽塔的脸都气绿了。

"'你们居然还委屈上了，'她气愤地说，'你们站着干吗？……我说过了，让你们回到自己的座位上去。'

所有人都慢慢地走向课桌，而我不知为何坐在了自己的手提箱上。当然了，我和箱子都倒了，其他的行李箱也随着一起倒下了，响起了轰隆隆的声音。

　　"'别索利采娃，你别出洋相。'玛格丽塔说，'这没有用。'

　　"'我不是在出洋相。'我回答说。

　　"我真的不是在出洋相，只是被她的尖叫吓到了而已。只要有人对我大喊大叫，我肯定会做出一些错事。我总是这样。

　　"整个楼层都已经沸腾了，几十只脚沿着走廊和楼梯奔跑，发出'噔噔噔'的脚步声。几十种开心的嗓音交织在一起，变成了一阵阵吵闹声，透过我们的门传了进来。有个自作聪明的人还把头伸进我们的教室，大声喊道：'你们怎么还坐在这里啊？'然后他消失不见了。

　　"红毛没有忍住：'玛格丽塔·伊万诺夫娜，我们会不会迟到，然后来不及上车啊？'他问得很有礼貌。

　　"'你们不会迟到的，'玛格丽塔回答说，'因为你们哪儿都不去！'

　　"这个时候，所有人都说不出话来了。我们去不成莫斯科了！谁也没想到会这样。

　　"'怎么会呢……怎么会不去了呢？'红毛结结巴巴地问道。他恐慌了。

　　"'你们不是已经玩够了吗？'玛格丽塔说，'代价就是操行纪律分不及格。'

　　"波波夫一跃而起，抓起两个行李箱，一个是他自己的，一个是施玛科娃的。

　　"他说：'我们没有去看电影！我和施玛科娃与此事无关！'

　　"'但是你们也没有出现在文学课堂上。所以你们大家都一样，谁也不许去！'

"波波夫拿着行李箱站在那里，样子看起来很傻。

"'把行李箱放下！'玛格丽塔命令道。

"这时突然响起了笑声，所有人都哆嗦了一下。在这种时候，有谁能笑得出来啊？这是哪个疯子？这个人就是怪人瓦西里耶夫。

"'你有什么好开心的？'玛格丽塔问道。

"'我猜到了，您只是在吓唬我们！'

"'我吓唬你们？'玛格丽塔惊讶了，'你为什么这么想？'

"'那您为什么穿着新裙子呢？'瓦西里耶夫问道。他笑了，因为他觉得自己很机智。"

"我看得出来，这个瓦西里耶夫是个好小伙。"尼古拉·尼古拉耶维奇发现了这一点儿。

"他是蓬头和铁钉的跟班。他就是这种人，像影子一样跟着他们……你别打断我，你接下来就会看出他有多'好'的。……他们所有人都特别'好'，简直都是金子做的。你瞧着吧！……你最好还是先听我说，听我说！当这个怪人对玛格丽塔说她是在开玩笑的时候，她回答说自己完全没有开玩笑，还问他为什么会这么想，说他是个少见的小傻瓜。她还说：'我穿着新裙子，是因为我要去莫斯科。不去莫斯科的是你们。'

"瓦西里耶夫拉长了脸。

"'这不公平。'他说，

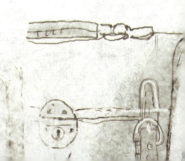

‘校长给我们和您都记了过，而现在您去莫斯科，我们却不能去。我们本来打算一起去的。’

"而玛格丽塔更生气了。

"‘瓦西里耶夫，你真是这么想的吗？还是装的？’

"‘真是这么想的。’

"‘嗯，那我就给你解释一下。’玛格丽塔说，‘我没跑去看电影，但却为你们受过，被记了一次口头批评。这对我而言已经够了。我本来早些去莫斯科的，我完全有这个权利，但我却推迟了行程。’玛格丽塔绿色的脸又被气成了粉色，和裙子的颜色差不多，‘我为什么推迟自己的行程啊？……是为了你们，是为了让我们班里多三四个得满分的人，为了证明我们班有多么不同寻常。据说莫斯科那边都有人生我的气了……’

"我们所有人都明白，她给谁打了电话，又是谁生了她的气——是她的未婚夫。她有了这个未婚夫以后简直是飘飘欲仙了，一天要想他几百次，就连不该想的时候，她也会一直说起他：‘我未婚夫……我未婚夫……’

"当玛格丽塔在讲自己的未婚夫和‘满分’的时候，铁钉猛地站了起来，虽然脸色十分苍白，但她的声音还是非常平静，有些懒洋洋的。她说：‘我们不需要您那多余的几个满分，所以您之前没走，是白费心思了。您要是走了的话，那就没人会生您的气了。’

"你能想象得到吗？……米罗诺娃想对谁说什么，就对谁说什么，只要她觉得自己是对的就行。

"玛格丽塔被她的话惊呆了，眼睛瞪得像铜铃一样大。她甚至变得语无伦次起来。

"她问：'你们不害臊吗？'

"'我们有什么好害臊的？'瓦利卡插嘴说，'我们又没偷东西。'

"而玛格丽塔更加吃惊了：'你难道以为，只有偷盗这一件事值得你害臊吗？'

"'那还有什么啊？'瓦利卡笑了起来，'我们做的事全都合法啊。'

"'那么，也许你们是故意跑去看电影的吧，就为了让我难堪？'玛格丽塔惊恐地问。

"'当——然——啦！'

"'我们是故——意——的！'

"他们喊出这些话的时候，丝毫不同情玛格丽塔，就像失控了一样。他们这是在生玛格丽塔的气，同时也生自己的气，因为他们其实是一群傻瓜，丢了西瓜捡芝麻，用莫斯科的旅行换来了一场电影。

"而季玛就像陀螺一样转来转去，一会儿跑到这个人跟前，一会儿又跑去另一个人跟前，试图让大家闭嘴。

"大家却在喊：

"'我们不想去莫斯科！'

"'我们想多要几个不及格！'

"'原来你们是这样的。'玛格丽塔说，'那我跟你们就没什么好说的了。'说着她就要往门口走。

"'玛格丽塔·伊万诺夫娜,请等一等!'季玛试图阻拦她,'他们是在开玩笑啊!……'他在她身边奔走,跑上前去说,'我们还干了活儿!我们想用自己的钱去莫斯科……我这就去找校长……他会原谅我们的。我保证我们再也不会这样了。玛格丽塔·伊万诺夫娜,我可以去找校长吗?'他紧贴着门,不放她走,'您可以以后再惩罚我们啊,玛格丽塔·伊万诺夫娜!'

"'索莫夫,让开!'玛格丽塔命令道,'你醒悟得太晚了。'

"'那这个存钱罐怎么办呢?'季玛问。

"玛格丽塔·伊万诺夫娜以鞋跟为支点,原地转身,慢慢地走回来。她拿起存钱罐高举过头顶,然后……把它摔在了地板上!你想象一下吧!那简直就像火山喷发!或者像地震!……我脚下的地板都在颤动。

"在这之前我们还像那个怪人瓦西里耶夫似的,抱有不切实际的期待,而现在我们明白了:我们看不到莫斯科了,就像我们不照镜子就看不到自己的耳朵一样。

"'你们现在哪怕每天看电影都行。'玛格丽塔说完就离开了。

"大家都安静地坐着,但是门刚一关上,他们就都冲向了打碎的存钱罐。

"好戏开场了……

"'我们跟她作对吧,分了这钱去玩啊!'瓦利卡大叫道。

"怪人瓦西里耶夫还想制止他们。

"蓬头推开他,然后命令道:'施玛科娃,你分一下!'

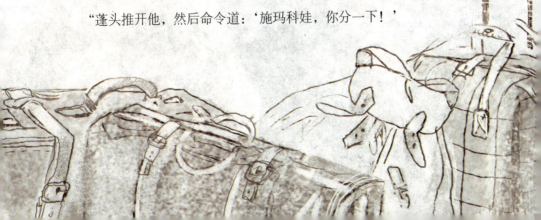

"施玛科娃收集好所有的钱，把它们放在桌子上，然后开始数。

"'哇，赚了这么多！'瓦利卡咽了口唾沫，好像他面前放着的不是钱，而是美味的食物。

"而季玛突然疯狂地离开原地，开始推搡所有人：'你们别碰！我自己来收集这些钱，再去找个新存钱罐！'

"他抓起钱塞进口袋里，嘴里一直说个不停：'我们还能赚到钱的，寒假的时候再去莫斯科！……'

"瓦利卡紧紧抓住他，大喊说这些钱是大家的，季玛这是在抢所有人的钱。

"这时候蓬头和红毛来帮瓦利卡了。他们反扭住季玛的手，伸进他

的口袋里拿出了钱。而季玛呢，可怜巴巴地在他们手里冲撞、扭打、挣扎。之后他们放开了他。

"'施玛科娃，你分吧。'蓬头命令道。

"'施玛科娃，不要啊！'季玛好不容易才喘过气，'你别听蓬头的！'

"'小季玛，你别发号施令了。'施玛科娃用唱歌似的语调温柔地说，'我可不是你的别索利采娃。'她斜眼看着季玛，故意戏弄他，柔和地唱道，'你为什么不打架，不捍卫自己的原则？……你可是个正直又有决心的人啊。唉，你啊！小季玛！小季玛！你是我们的大指挥官啊……但你指挥不了我们了！……'

"我对你说过的，她是一只真正的狐狸。她的嗓音动听而甜美，就像是在唱摇篮曲，你以为她在用自己的温柔摇动你，但她其实是朝你的心口打了一拳。季玛完全被她打死了，就像霜打的茄子一样坐在那里。我很可怜他。

"与此同时，施玛科娃正忙着数钱，传出的像落叶滑过草地般的沙沙声。她的嘴唇颤动着，鼻子似乎变长了，好像连鼻子都在帮她数钱似的。她唯一一次分心，是在用眼睛的余光看到瓦利卡拿起一卢布放进口袋的时候——她大喊说瓦利卡私藏了一卢布，那声音都不像她自己的了。

"蓬头抓住瓦利卡的领子，瓦利卡立刻还了钱，装作被冒犯到的样子，说大家不懂他开的玩笑。

"'你别把我当傻瓜。我们知道你开的是什么玩笑。'施玛科娃狠狠地打断了他，又开心地唱道，'好啦！……明明白白的，跟出纳处数得一样清楚。每人二十三卢布！'

"讲桌上放着三十六堆钱，是按我们班的人数算的。

"'苦劳力们，你们张着嘴干吗呢？来拿吧！'施玛科娃小心地抓起一堆钱，'我再攒攒，就去把那件蓝色外套买下来。我是在咱们的百货商店里看到的，特别好看！'

"在施玛科娃拿钱以后，瓦利卡也拿了钱……然后立刻开始清点。

"'你不信我？'施玛科娃冷笑道。

"'所有的钱都喜欢被数的滋味儿。'瓦利卡回答道。

"然后其他人开始拿钱……有人是抓的，有人是随便拿的，还有一些人在数钱。蓬头拿了两堆钱，把其中一堆给了米罗诺娃。

"桌子上还剩下季玛和我的钱。

"'你们难道不需要钱吗？'施玛科娃问。

"'他们是廉洁的人。'瓦利卡嘿嘿地笑道。

"季玛站在我旁边，我能感觉到他打着冷战。他冲向桌子，抓起自己的钱喊道：'一群卑鄙的守财奴！……让钱压死你们吧！……'他飞快地跑到瓦利卡身边说：'给你！……给！……'然后开始把自己的钱塞给他。

"我很开心他又变得勇敢了，也大声叫道：'把我的钱也给他！'

"我跑去拿了钱，然后又塞给了季玛。

"季玛把这些钱也塞给了瓦利卡。钱掉下来散落了一地，因为瓦利卡

害怕地后退，他推开季玛的手，反复地说道：'疯子，你离我远点！……'

"瓦西里耶夫大喊：'就把所有钱都交还给季玛吧，确实可以等寒假的时候再去莫斯科。'

"'没错啊，同学们！'季玛附和道，'把钱放在一起吧！'他捡起地上的钱，又把它们堆回到讲台上。

"而他的行动又像充电一样，给予了我勇气。我忍不住为季玛感到骄傲：无论如何，大部分的同学还是像往常一样尊重他。我想，现在应该把有关玛格丽塔的事情告诉大家。他并不是因为胆怯才告了密，而是为了追求真相。

"我也满教室跑，飞快地奔向同学们说：'交出钱来吧，交出来吧，还回来！'有人已经把钱还给我了，但我甚至没来得及把钱放到讲台上，铁钉却动摇了我们的心智。

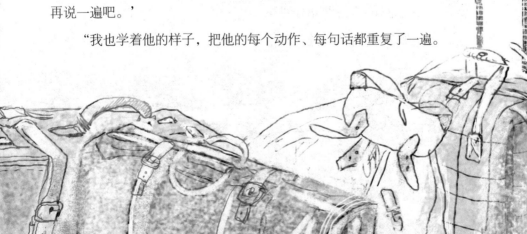

"'索莫夫，你让我们烦透了。'她说，'你干吗一直说废话啊，得弄清楚最重要的事情才行。'

"'同学们，你们听到她说什么了吗？'季玛的眼睛依旧闪闪发光，'说我在废话……我是在提议赚更多的钱，在寒假的时候去莫斯科……而她却把这叫作废话！'他走近米罗诺娃，'那么，亲爱的铁钉，你来告诉我们，假如我是在说废话，那你认为最重要的事情是什么？'他俯身靠近她，把手放在耳边。这个姿势的意思是：'听不清你说的话，再说一遍吧。'

"我也学着他的样子，把他的每个动作、每句话都重复了一遍。

"'那么，亲爱的铁钉，你来告诉我们，你认为最重要的事情是什么？'我也把手放在了耳边。

"但是我跟季玛的俏皮话和小聪明，并没能帮到我们。

"我们没唬住铁钉。她不是我，她自己本来就是想唬谁就唬谁的。我蛮喜欢她，但是她非常无情。

"'同学们！'铁钉大喊着，没理会我们，'你们知道最重要的事情是什么吗？我明白了。有人向玛格丽塔打了小报告，说我们擦掉了她写在黑板上的通知。所以我们其实是被出卖了。'

"铁钉很聪明，她猜到了。我一听到她说'被出卖了'，就摇晃了起来，如同遇到了晴天霹雳。我看了季玛一眼，想冲他喊：'你干吗不说话啊，再不说就晚了！'但是我惊讶地发现季玛也变得垂头丧气。他眼睛里的光芒消失了，勇气溜去了别的地方。铁钉就是这样的，她找准了季玛的死穴，一口咬了下去。

"一石激起千层浪。同学们开始尖叫，他们就像疯子一样大喊：

"'我们要把他……'

"'找到这个叛徒！'

"'我们之间躲着一个混蛋！'

"'安静！……'蓬头大喊道，'所以说，我们之间有人去向玛格丽塔告状了？……'

"'是这样。'米罗诺娃回答。

"'那个人是谁？'蓬头问。

"四下里寂静无声。

"'是谁出卖了我们？是谁？'每个人都带着这个想法，互相打量起来。

"对他们来说，这是个秘密，而他们将不惜一切代价发掘这个秘密。现在他们都成了一伙儿的，结果就是，所有人都站在了我们的对立面。他们盯着铁钉的嘴，想知道她接下来会说什么。

"铁钉用猜忌的目光观察着我们每一个人，寻找叛徒。她的眼光敏锐而犀利，慢慢地滑过我们的脸庞。她的目光扫过我和季玛的时候，我吓得颤抖起来，因为铁钉的目光像是要把我们烧穿了。她看着季玛，拖长了嗓音，用奇怪的语调说：'季玛……你不是——回——来——过——吗？……'

"她的这个举动对我来说起不到任何作用，我还是半死不活地坐在那儿。

"我们的课桌被几个人围住了，为首的正是米罗诺娃。教室里响起了同学们的窃窃私语声。

"'没错！'蓬头抓住了季玛的衣服前襟，'你回来过是吧？快承认！……你突然碰上玛格丽塔了吗？……然后把一切都告诉她了？'

"'他可是个"好人"呐。'瓦利卡大叫，'他有良心，可能会向她坦白的。'

"'但最重要的不是良心，而是力量！'蓬头将大拳头举过季玛的头顶，'我只要敲一下你的脑袋，你接着就得趴到地上去。'

"'哎哟，哎哟。'施玛科娃唱歌似的说，'他害怕啦，同学们，我们勇敢的小季玛害怕啦。真是一出好戏！'她笑到颤抖。

"季玛确实害怕了，我也吓到了。他嘴里说着'你们离远点，别再胡扯了'这种话，尽管那并不是胡扯。

"'同学们，季玛心里藏着事儿呢！'瓦利卡大叫道，'这是真的，他隐瞒了！你们看，你们看，他的眼睛四处闪躲！四处闪躲！哎呀！到处躲！'他哈哈大笑起来。

"'你们别来缠我！……烦透了，真是一群大傻瓜！'季玛突然大喊起来，声音都不像他自己的了，'都是因为你们，我们才没去成莫斯科！……说什么去看电影啊，去看电影啊，结果你们这场电影换来的是事与愿违！'

"季玛推开这一圈人走向门口，我紧跟着他。但铁钉在我们身后不客气地说道：'而我知道……叛徒是谁。'她的声音十分阴险又随意，嘴角还浮着一丝微笑。

"我和季玛停了下来，一动不动，双脚简直像是在地板上生了根。既然铁钉全都知道了，那我们现在还能跑到哪里去呢？……

"质疑的声音从四处传来，'谁是叛徒啊''是谁啊'……每个人都想尽快知道那个人的名字。他们摩拳擦掌，渴望复仇。从另一个方面看，他们是对的。难道有谁喜欢叛徒吗？……没有人喜欢，一个人都没

有。所有人都鄙视他们。

"蓬头冲到米罗诺娃身边，问道：'你说，那个人是谁？'

"我以为铁钉要把季玛的事说出来了！……我心想，这下我们完蛋了！他们会把我们撕成碎片……

"我焦急起来，手忙脚乱，想要藏到季玛身后去。我看了他一眼，他变得几乎让人认不出来了！我面前像是站着一个脸色发青的梦游者，他的眼珠从蓝色变成了灰白色。你不信吗？"莲卡看了看尼古拉·尼古拉耶维奇，"你觉得世上没有灰白色的眼珠吗？……但他的眼珠就是灰白色的。没错！他的唇上还挂着一个可怜兮兮的微笑，跟我的微笑一样。作为回应，我把嘴唇咧到了耳朵边。我俩这时候可真够瞧的！

"突然我如梦初醒，好像被闪电贯穿了全身！我终于明白了，季玛变成了这副模样是因为恐惧。人们都说，恐惧会让人面如土色。季玛现在就是面如土色。他对玛格丽塔说出了一切，他在她面前是个英雄，但现在却害怕了。

"而我竟然还想要藏在他身后。当我知道他很恐惧，并且正在我面前慢慢毁灭的时候，我突然就不再害怕了。我觉得自己什么都不怕。我的手抓住了他的手，紧紧地握住，想要让他知道，他在这个世界上并不是孤立无援的。我觉得他明白了我的意思，而且似乎还冲我点了点头。

"这时候我看到他的眼睛又染上了深蓝色。我开心起来，这或许是因为我吧，因为我抓住了他的手。

"与此同时，所有人都在等待事态的发展。只不过铁钉没有急着向我们揭开这个秘密，她威严又神秘地沉默着。

"'说啊，米罗诺娃，别拖延了！'红毛有些不耐烦了。

"爷爷，"莲卡说，"你知道吗，如果我知道某人的可怕秘密，我是永远不会像铁钉那样拖延时间的。也许正是这个缘故，她才被大家叫作'铁钉'吧？"

这个发现让莲卡沉默不语，她开始陷入了沉思。

尼古拉·尼古拉耶维奇笑了，他想方设法地减轻莲卡心里的不安，哪怕是一个微笑。

但她没有回应他的微笑，甚至没有觉察到，整个人都沉浸在那段过往中。这段往事让她倍受折磨，但对于她的爷爷来说，它的来龙去脉仍然不甚明朗。

"那你呢？……"莲卡突然转向他，"假如你知道跟某人有关的可怕秘密，你会拖延时间吗？"

"我不会拖延的。"尼古拉·尼古拉耶维奇严厉地回答道，"永远都不会。干吗白白地折磨人，干吗挖苦他们，把他们本就脆弱的灵魂从里到外地翻出来呢？哪怕他们真的有错，也不该这样。可以鄙视他们，惩罚他们，帮助他们，但折磨人是不好的，也是可耻的，不该这样做。这样做太残忍了，而我们应该做仁慈的人。"

"仁慈？"莲卡问道，她开始思考这个词的含义。

"你知道什么是'仁慈'的人吗？"尼古拉·尼古拉耶维奇继续说，"它指的是拥有一颗'慈心'的人，也就是善心。"

"但铁钉一直在拖延，拖延，拖延！"莲卡说，"她说：'我们给这

个人三分钟时间考虑。'说完她看了一眼手表。

"'一分钟过去啦。'施玛科娃用幸福的声音'唱'着。

"这三分钟的等待充斥着残酷的沉默，只不过时不时有人大叫一声，或是嘿嘿地笑，所有人都恐惧地相互打量，试图提前猜出那个叛徒的身份。

"'不坦白的话，惩罚会更重。'米罗诺娃恶狠狠地说，'说啊！'她大喊着，就像一记鞭子狠抽下来，'说啊！承认吧，叛徒！你要是承认了，那你自己也会好一点儿，轻松一点儿！'

"'波波夫，'施玛科娃命令道，'你站在门边，不然这个人会跑掉的。'她不知为何笑了起来。

"波波夫穿过教室，快乐地咧开嘴笑了，站在了我们身后。

"'两分钟了！'米罗诺娃说道。她几乎没张嘴。

"我看了季玛一眼，他正一动不动地站着。

"'季玛。'我惊恐地低语，想提醒他注意。

"我想用可怕的声音冲他大喊，揍他一拳，好让他能离开原地，逼他在铁钉叫出他名字前承认一切。

"'三！'米罗诺娃清脆的声音响了起来。

"'三，三，三！'这声音在我脑袋里嗡嗡作响。一切都仿佛在我眼前浮动旋转，要不是波波夫托着我，我就'咕咚'一声栽倒下去了。

"当我清醒过来的时候，我意识到季玛还没有承认，因为他还像之前那样站在我身边，根本没有人注意我们。

"'说啊！'蓬头猛地冲向米罗诺娃。他想快一点儿抓住叛徒，'那个人是谁？'

"而米罗诺娃又在拖延时间了。

"这时季玛终于嗫嚅地发出几乎听不见的声音：'同学们……'

"只有施玛科娃听见了他的话。

"'叫同学们干吗？'施玛科娃冲向季玛，'安静！索莫夫想对我们说些事情！你说吧，小季玛！'她用甜甜的嗓音'唱'道，'你说吧！'

"但这时铁钉没有理会季玛，说了一句话。这句话立刻改变了所有情形。

"'你们一个个地到我这里来。'她命令道，'我会测你们的心跳。'她又威胁地补充道，'我们来看看，现在叛徒的心跳得有多快。'

"大家茫然地交换着眼色，很多人都失望地拉长了脸。他们本来准备抓住叛徒，好好出一口恶气，而现在呢，居然要测心跳。

"'所以你不知道这个人是谁？'季玛用嘶哑的嗓音问道。

"我看得出他有多高兴。这个可怜的人开心地笑了起来，因为铁钉其实对叛徒的身份一无所知，而他得到了缓刑。

"'也许还有别人知道叛徒是谁呢？'波波夫说，脸上带着得意的微笑。

"'我亲爱的小波波夫，别人也不知道他是谁哦。'施玛科娃说，'我们不着急……'她简直是在一排排桌子之间舞蹈，'唱'道，'所有的事情，我们都会慢慢知道的……知道这个叛徒叫什么名字……知道他对玛格丽塔说了什么……还有他这么做的原因……'

"'你们一个个地到我跟前来。'铁钉说。

"第一个走到铁钉面前的是瓦西里耶夫。

"'你测吧。'他向米罗诺娃伸出手,'我们来看看,你能得出什么结果。'

"米罗诺娃开始测瓦西里耶夫的脉搏。剩下的人都沉默地盯着他们,只等铁钉一声令下,就扑向那个心跳得格外快的人。

"'正常。'米罗诺娃终于说话了,'下一个……'

同学们一个接一个地走向铁钉,而她在测了他们的脉搏后说:'正常!下一个!……'

"通过检查的人越来越多了,没通过的越来越少。

"在测完施玛科娃的脉搏后,铁钉开始测波波夫的脉搏……排队的只剩两个人了,那就是季玛和我!但是这时铁钉抛开了波波夫的手,她的脸颊再一次变成了红色。她跳起来宣布道:'心跳一百下!'

"'心跳一百下！心跳一百下！心跳一百下！'这声音沿着一排排的课桌传开来。

"'正常的是多少？'蓬头问。

"'是七十！'铁钉得意地环视着教室，'亲爱的，你露馅了！'

"'这个畜生！'蓬头抓住波波夫，扭住了他的手。

"'没错，就是他！'红毛大喊道，冲到蓬头身边帮忙，'他和施玛科娃没有去看电影，还想两个人一起去莫斯科。'

"同学们一下子围住了波波夫，从四面八方传来这样的声音：

"'这个小波波夫！这傻大个！'

"'真是个奴隶！给他的鼻子来一拳！'

"季玛突然十分平静地说：'你们离波波夫远点！'

"而我以为他终于要说出一切真相了，于是又一次恐惧到颤抖：虽然坦白是应该的，但无论如何，这也是一件可怕的事情啊。不过我抖得似乎有些早了，他压根就没想承认。他说：'是不是波波夫做的，有什么差别吗？无论如何玛格丽塔都会知道是我们自己犯的错，用不着寻找替罪羊。'

"'差别大了。'铁钉生气地说，'你知道背叛的下场是什么吗？'

"季玛开心起来了，他不再害怕，完全像往常一样地说：'啊，啊，好可怕啊！'

"'波波夫，你说吧！'铁钉命令道，抗议地转过身去，背对着季玛。

"'怎么？'波波夫得意地冷笑着，看向施玛科娃，'我这就说。'

"'当然要说了。'施玛科娃微笑了，'虽然有人是不会喜欢听这些话的……'她假装叹了一口气，说，'但是能怎么办呢！没法让所有人都满意啊！'

"'同学们！'波波夫喜气洋洋地说，'同学们，事情是这样的！'

"他意味深长地看着季玛，让人觉得他什么都知道！我也看着季玛，再一次茅塞顿开：他又被吓得抽搐了！这时我又不假思索地上前帮助他。

"'你们听我说！'我大声喊道，'你们听我说！'

"'怎么回事？'铁钉生气了，'你干吗打扰我们？'

"'怎么是打扰呢？'施玛科娃插嘴说，'也许她正好要说些什么呢。别索利采娃，你说吧……我们迫不及待了呢。'

"'同学们。'我说，'这是……这是……'

"我死死地盯着季玛，深深地凝视着他，想让他明白，他是时候该坦白了，连一秒多余的时间都没有了。但是他又沉默了，似乎根本没有发现我的眼神。

"'这……'既然他自己说不出口，我决定亲自说出他的名字。'是……'我又沉默了，尽管我明白，已经没有回头路可走了。但是我的喉咙像被堵住了似的，怎么都没办法喊出季玛的名字。

"'你为什么不说话？'施玛科娃催促着我。她煞有其事地站在我面前，双手交叠在前胸，'你说啊，说啊，你觉得这事是谁干的？'

"爷爷！我看了施玛科娃以后就明白了，在知道季玛的事情以后，

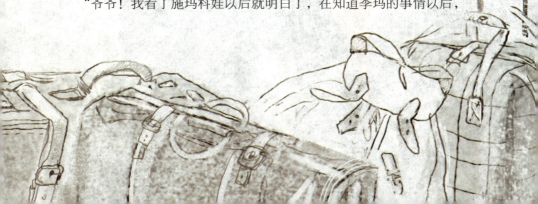

幸灾乐祸的人会是谁。不知为何，我突然微笑了起来，说了一句我完全没打算讲的话……'这是我干的！'"

"原来如此啊。"尼古拉·尼古拉耶维奇说。不知怎的，他的样子完全变了。

所以说，莲卡把所有过错都揽到了自己身上，而他这个老东西甚至没有想过这个可能性。看起来，她这一生过得不会比家族里的其他人差，因为她拥有那些奇妙的品质，而这些品质一定会让她与其他人共命运，同苦痛。

这一个意外到来的发现，让尼古拉·尼古拉耶维奇高兴得说不出来。他站了起来，开心地在房间里哼着歌走来走去。他平常很少哼歌的。

"你怎么了？"莲卡不解。

"我？"尼古拉·尼古拉耶维奇非常愉快地笑了，"我肯定啥事都没有！……请你接着说吧！我认真地听你说。"

"当我第一次说出'这是我干的'时，很多人都不相信自己的耳朵，说我是在胡扯。我看了季玛一眼，微笑着又大声说了一遍：'这是我干的！懂了吗？是我！'

"他们的脸变得好可笑啊！红毛张开嘴，然后忘了闭上。

"'你？'施玛科娃瞪大眼睛看着我。

"波波夫也跟着她一起瞪大了眼睛。

"蓬头敲着我的背，说：'先给你来一下！'

"但不知为何，瓦西里耶夫害怕得不得了。

"'这不可能！'他说。

"'是真的，是真的！'我大声喊道，'是我干的！'我瞥了季玛一眼，很想知道他什么时候才能承认。

"瓦西里耶夫俯身靠向我，轻轻地低声说：'我猜到了……你是在捉弄他们吧？……'

"我笑了一下作为回应，瓦西里耶夫非常满意，也笑了起来。

"但铁钉立刻相信了我的话。她聚精会神地看了我一眼，然后脸色就变得残酷无情起来。她不是那种会原谅别人的人。

"'你这个倒霉的丑八怪，你怎么做出这种事来的？'她问。

"'就这么做的。'我快乐地回答道，'我跑到医疗站给腿做包扎，遇到了玛格丽塔……然后把一切都告诉她了。'我又瞥了季玛一眼。

"他似乎已经平静下来了，这让我很开心。这说明我又帮到了他。

"蓬头又用手掌在我的肩胛骨之间砍了一下，而我甚至没有哆嗦。

"瓦西里耶夫冲我使了个眼色，高兴地大叫：'多勇敢啊！……蓬头，她不怕你！'

"我真的没有害怕。我身上发生了一些新的变化，连我自己都认不出自己了，这个勇敢的人仿佛并不是我。

"当我'承认'的时候，铁钉立刻掌握了大权，所有人都开始对她俯首称臣。她下令关门。

"瓦利卡抓住教师椅，用它别住了门把手的环，嘿嘿笑着，快乐地搓着双手：'要有好事儿喽！'

"我们被锁了起来，似乎整个世界里只有我们。校园里到处生机勃勃，院子里的幸运儿们要出发去莫斯科，只有我们这群人坐在这里，四面都是墙壁。

"很明显，没人知道接下来要怎么处置我。

"第一个想出办法的人是瓦利卡，他知道必须要打我。他朝我扔了一块橡皮，而这块橡皮却砸到了墙上，弹回来打到了波波夫的脸。

"'打我干吗啊？'波波夫大喊。

"大家当然都笑了起来，这事很搞笑啊，目标是我，却打中了可怜的波波夫。我也笑了起来，还冲季玛使了个眼色，想给他传达这样的信息：'你这个小傻瓜为什么不笑呢？'

"但是季玛坐在那里，脸色阴沉得要命。

"不过铁钉却不想让我们继续闹腾下去了。她跳到了桌子上说：'同学们，发生了一件可怕的事情，我们之中出现了叛徒！'她的目光划过所有人的脸，脸颊浮现出气愤的红晕，'我们要拿她怎么办？要做个决定。'

"瓦西里耶夫大喊道：'把她放在火上烧！用名誉刑制裁她！'

"'没错！'红毛开心起来，'把她放在火上烧！'

"大家又笑了起来，因为红毛喊'把她放在火上烧'的时候，还扮了可笑的鬼脸。

"我也笑了起来，回头看了季玛一眼，让他觉得我一点儿都不怕。

"但是铁钉仍然不跟大家一起闹。

"'蓬头，'她命令道，'你教训教训红毛，别让他再挤眉弄眼。'

"红毛立刻投降了，他大喊道：'我跟大家一样！……我根本不原谅她！……'他冲向我说，'哈，你这个胡——扯——大——王！'

"'好了，红毛，你过会儿再冲她喊，现在别说话。还有，你把那些愚蠢的玩笑都忘掉。'铁钉说，'我们的谈话很严肃，事情很重要。'

"爷爷，你知道吗？"莲卡说，"米罗诺娃有很强的意志力。我那时候就想，她'铁钉'这个外号可不是白来的。"

"'所以我们原不原谅她呢？'她的目光简直要把所有人烧成灰烬。

"大家都七嘴八舌地喊了起来：

"'不原谅！……'

"'原谅！……'

"'安静！'铁钉制止了大家。

"米罗诺娃知道，大家都在等她发话，所以她还是依着自己的习惯拖延着时间，随后兴奋地宣布：'我们跟别索利采娃绝交！'

"所有人一起帮腔：'绝交！绝交！'

"这时有人在走廊里推门，然后敲门大喊，让我们赶紧开门。我们听出了，是玛格丽塔的声音。

"我害怕了，怕她闯进来供出季玛。而他比我还害怕，踮着脚尖跑到门边，将手指头竖在嘴唇上，示意大家保持安静。

"我们当然都安静了下来。而我这个傻瓜，也像他一样，把手指头竖在嘴唇上摇着头，不让任何人发出一点儿声响。

"玛格丽塔敲了又敲：'赶紧开门！'

"季玛站在门边，他的脸色苍白，连一丝血色都没有。他抖得特别厉害，叫人没法儿看。

"玛格丽塔毫不相让：'开门！开门！'

"铁钉走向季玛，推开他，打开门，玛格丽塔就出现在了我们面前。她怀疑地问道：'什么绝交？这里出什么事了？'

"我们沉默不语。

"但幸运的是，这时有人在走廊里叫道：'玛格丽塔·伊万诺夫娜！……莫斯科那边有人打电话找您！'

"当莫斯科那边打电话找玛格丽塔的时候，她就会立刻忘记一切。

"她心不在焉地看着我们，好像忘记了自己为什么要大力敲门，忘

记了要做的事情。她微笑起来，挥了挥手就跑掉了。

"铁钉冷静地关上门，询问整个班里的人：'那么，要跟别索利采娃……'

"大家齐声回答她说：'绝交！'

"'绝交！'瓦西里耶夫大声喊道，笑得喘不过气来了。

"'你们听好，任何人都不能跟她讲话。'铁钉命令道，'就让她感受一下我们共同的鄙视！……谁违背誓言，我们也要跟谁绝交！我们的口号是——与叛徒绝交！'

"'我们跟她绝交！'声音从四面八方响起来，'公平万岁！'

"'哟，我们开心一下吧！好不好啊，索莫夫？……'瓦利卡开始唧唧呱呱地说话，'我们来撵一撵你的小女友！……来啊，我们来一起

喊，跟——丑——八——怪——绝——交！'他纠缠着季玛，'你为什么不喊啊？'

"季玛勉强笑了一下，没有说话。

"周围的所有人都开始担心：'怎么会这样？索莫夫反对绝交？'

"'索莫夫脱离群众啦！哎呀呀！……'

"'小季玛，你难道真的反对绝交吗？'施玛科娃问道，'跟大家伙对着干可不好，这是不对的。'

"季玛继续勉强自己面带微笑，尽管他根本笑不出来。

"瓦利卡知道季玛陷入了迷惑与沉思，就跟在他后面嚷道：'加把劲儿啊，加把劲儿啊，小索莫夫！'他用手抓住季玛拉拉扯扯，兴奋地哈哈大笑，知道这样可以打击到季玛。瓦利卡还在季玛周围跳起了滑稽的舞蹈，他说：'来啊，我们一起喊啊，跟——丑——八——怪——绝——交！'他很喜欢这样大喊大叫，并且一直死乞白赖地缠着季玛。

"我忍不住地又同情季玛了，直接冲向瓦利卡大喊：'绝——交！绝——交！'

"瓦利卡突然被吓了一跳，一下子从季玛身边弹了出去，说：'你疯了吗？冲着人家的耳朵大喊！'

"这时楼下的院子里，人们迎来了隆重的一刻：公交车司机启动了发动机。隆隆的巨响传到了我们的窗外，施玛科娃大叫道：'公交车要开了！'

"我们来到窗边，妒忌地看着人潮涌动的校园，冲着要离开的人扔下一两句话。

"'你们看，玛格丽塔拿着鲜花……哎哟，哎哟，可真够得意的！……'施玛科娃说，'真是一位了不起的……新娘啊！'

"'她发现我们了，你们快冲她微笑，微笑。'铁钉向所有人下达命令，自己也开始露出笑容，'我们来向她挥挥手。'她向玛格丽塔挥着手，'别让这个老太婆以为我们难受得要死。'

"'他们要走了……'红毛的声音在颤抖，'而我们呢！'他的眼里含着泪。

"'老母鸡玛格丽塔在向我们挥手呢。'瓦利卡发出令人憎恶的笑声，'要是冲她的脑袋吐一口口水就好了……'

"'你真是个败类！'蓬头突然生气了。

"'怎么是败类呢？'瓦利卡回答道，'看她对我们做了什么？'

"'她又在挥手了。'蓬头嘿嘿地笑，'也许她是在叫我们，想让我们祝她结婚快乐吧！'

"我脱口而出，说了这样的话：'我之前路过教师办公室，从敞开的门里看到老师们在祝贺玛格丽塔。他们喝着茶，吃着超级大的蛋糕。我就把头伸进办公室里，大声对玛格丽塔·伊万诺夫娜讲了一些祝福的话，结果他们突然都变得害羞起来，特别好笑。校长被茶呛住了，咳嗽起来……'我说完后，所有的人都笑了……

"'你很机灵嘛。'铁钉注意到了，'你这个叛徒还是个马屁精呢。'

"'米罗诺娃，你说话注意点啊。'瓦西里耶夫庇护了我。"

"那季玛是怎么做的？"尼古拉·尼古拉耶维奇几乎是喊出了这

句话。

"季玛吗？他什么也没做。看得出来，他平静下来了。不过，当铁钉说我是个叛徒和马屁精的时候，他迅速地转过身去背对着我，不让我捕捉到他的目光。这时玛格丽塔又冲我们挥手了，施玛科娃就说：'她又不是风车，干吗不停地摆手啊？'

"'同学们，'红毛疯狂地叫道，'她这是在叫我们呢！她改主意了！'

"'她改主意啦！去莫斯科啊！'

"他们像旋风似的，呼呼啦啦地离

开了。他们忘了我，忘了绝交的事情，忘了季玛！……只剩我和季玛两个人留在原地。

"你喜欢'入睡的男孩'吗？"莲卡向爷爷发问，但是她没等尼古拉·尼古拉耶维奇回答，就迅速地补充道，"你别回答。不要回答……我很喜欢这个雕像，它的样子很像季玛。只不过'入睡的男孩'的微笑带着几分忧郁，而季玛的微笑是傲慢的。我以前并不知道这两者的差别有多大。现在我知道了，我喜欢忧郁的人，因为这种人懂得为别人担惊受怕。"

莲卡看了尼古拉·尼古拉耶维奇一眼，嘴角绽开了一个羞涩的微笑："我喜欢你也是因为这个缘故……当班里只剩我们两个人的时候，季玛就成了活生生的'入睡的男孩'，因为他失去了自己的傲慢。他以前所未有的眼光看着我，万分忧郁。我觉得他想对我说一些特别的话，重要的话。不，他不光想说自己向玛格丽塔出卖了大家的事情，还想说别的……

"假如我这个傻瓜没有笑起来的话，那他肯定会说的。很明显，这些话已经到他嘴边了。要是他说出来，事情可能会是另一种样子。而我却开始哈哈大笑，你能想象得到吗？……我真是傻！

"他冲离我身边，跑开了，我跟在他后面。我一步两个台阶地蹦下楼去，真是太开心了！……那是我最后一次感到开心。"

莲卡沉默了，她的脸上又布满了忧伤。对于尼古拉·尼古拉耶维奇来说，这张脸早就是一本打开的书了，因此当他发现她的唇角痛苦地耷拉下来的时候，就立刻明白了：她想起了一些悲哀的事情。

"爷爷，难道我永远也不会开心了吗？"莲卡问道，"难道我的生活就这样走到了尽头？"

"你说什么呢！……说什么呢！……"尼古拉·尼古拉耶维奇吓到了，"叶莲娜，你清醒一下！……你想想自己说的话有什么意义。我很快就七十岁了，但是我对生活仍然充满了期望，我还有很多个计划……"他说得驴唇不对马嘴，"你的生命中还发生过别的事情呢，听我说！有一天……那是你唯一一次到我这里来做客，是你妈妈带你过来的。当然了，你已经什么都不记得了，因为你那时候还很小。有一天家里找不到你了。一阵恐慌朝我袭来，我的小姑娘不见了！……我是在'入睡的男

孩'旁边找到你的，你给他带了一件衣服过去，在等他醒来，想让他穿上衣服跟你一起离开。你一直在等啊，等啊，等他睡醒！……我对你说，该回家了啊。你就开始号啕大哭，说：'我想让他醒过来，只要这样就够了！……'我好不容易才把你拉走。"

莲卡坐在沙发上蜷成一团。她的膝盖抵在尼古拉·尼古拉耶维奇的身侧。老人感觉到莲卡在微微发抖。

"你没生病吧？"他问道，"你在打哆嗦。"

尼古拉·尼古拉耶维奇走出房间，带着一床被子回来，盖在了她的身上。

"这件事把她害得多惨啊。"他想。

第八章

"总之，当我和季玛冲进学校的院子里时，"莲卡继续说道，"我们立刻就明白了，玛格丽塔根本没有改变主意，我们也去不成莫斯科。

"院子里真的像过节一样。吵吵闹闹，熙熙攘攘，什么都听不清楚。大家就像一群要飞去南方国度的白嘴鸦。所有人都在争先恐后地大喊大叫，又唱又跳。公交车轰隆隆地响，父母给自己深爱的孩子塞着馅饼和苹果，好像他们不是只去玩几天，而是一个月。

"我们六年级生沉默地挤作一团。在这片汹涌澎湃的汪洋中，我们就像冻结的冰川。

"我和季玛也跟同学们挤在了一起。

"这时候，一群老师从学校里走了出来，他们正在送玛格丽塔去参加婚礼。他们对她说着什么，声音传到我们这里来了：'祝你一切顺利！……'

"'你一定要把他带回来哦！别一个人回来！……'

"玛格丽塔笑了，跟老师们告别，又是抱又是亲的。突然……她发现了自己最爱的六年级学生！就像是记起了什么不愉快的事情一般，微笑突然从她的嘴唇上消失了。她朝我们这个方向走了过来。

"'玛格丽塔·伊万诺夫娜！'老师们在她身后喊道，'您要去哪啊？我们要走了！'

"'这就来！……'她提高音量，努力盖过马达的轰鸣和人群的嗡嗡声，'你们等一下！'

"玛格丽塔匆忙地跑向我们，把大捧的鲜花从这只手换到另一只手上。她的大衣敞开着，好让大家都能看到她那件漂亮的裙子。

"'玛格丽塔·伊万诺夫娜！'有个老师拿着喇叭大喊，'您要赶不上参加婚礼啦！'

"大家都开始朝玛格丽塔看，人群瞬间安静了一秒钟。她害羞地挥挥手，问我们：'所以你们说的绝交，又是什么事情？'

"'绝交？'机智的铁钉又问了一句，'啊，绝交的事情啊……'她富有深意地看着我，眼神里写着：'你这个卑鄙的丑八怪，你敢告诉她试试！'

"'哎哟，玛格丽塔·伊万诺夫娜，'施玛科娃插嘴了，'您把裙子弄脏啦。'

"玛格丽塔紧张起来，开始寻找裙子上被弄脏的地方。

"'在这，'施玛科娃把她胸前的污渍指给她看，说，'这裙子这么好看，真是可惜了！'

"'玛格——丽塔·伊万——诺夫娜！……我们——要出发啦！'

"所有人都已经坐进了公交车，看着我们和玛格丽塔。玛格丽塔把花束交给施玛科娃，一边用手帕擦污渍，一边和我们说话。

"她说：'米罗诺娃，我没有问你，我问的是别索利采娃。别索利采娃，你说说，他们为什么要跟你绝交？'

"我没有回答，因为我明

白，玛格丽塔很快就会忘掉我的。她看起来好像是和我们站在一起，但实际上她的心已经坐上公交车，出发去莫斯科找未婚夫了。或许她已经看到了自己在莫斯科的景象：她到了莫斯科，她的未婚夫迎接了她，他们手挽着手，一起走进婚姻的殿堂……不，我并没有指责她，她的脸上洋溢着无比的快乐和幸福，连我也变得开心了起来。

"'这该死的污渍是在哪里沾上的啊？'玛格丽塔说道，她还在用手帕擦污渍。

"'可能是吃大蛋糕的时候沾上的？'施玛科娃狡猾地插嘴说道。

"'蛋糕？'玛格丽塔又问了一遍，'那这条裙子毁了。'她又记起了我的事情，'你回答啊，别索利采娃！'

"蓬头用自己的拳头顶住了我的肋骨，想让我感到害怕。但是他的

这个举动让我很想笑，因为我很怕被呵痒。

"'我们是在玩游戏呢。'我笑得喘不过气来，好不容易才憋出这么一句话。

"'这游戏和"不许动"很像。'瓦西里耶夫解释说。

"'那你笑什么啊，别索利采娃？'玛格丽塔严厉地说，'我觉得，你没有任何发笑的理由。'

"'我怕被挠痒痒。'我解释说。

"'挠痒痒？'玛格丽塔瞪圆了眼睛，'谁在挠你？胡扯什么啊？'

"'我不知道。'

"这时候玛格丽塔发作了：'这是什么愚蠢的回答啊！你们都不听话了！……等我回来，我就好好治治你们！'她抱起施玛科娃手里的鲜花，'我一定会收拾你们的！'然后她就跑掉了。

"公交车缓慢而平稳地从我们身旁驶过，有人冲我们挥手，有人朝我们做鬼脸。我们还看到，玛格丽塔的脸上挂着幸福的微笑，她双手捧着鲜花，被安排在最靠前的位置上。

"院子里又一次变得空空荡荡。它刚刚看起来还又小又拥挤，现在却立刻显得很宽敞。所有人都坐着车离开了，而我们却和低年级的小孩子们一起留了下来。

---

① "不许动"的游戏规则：游戏带头人大喊一声"不许动"，要求孩子们做同一个动作，做错或者动弹的孩子们出局。

"在这之前我没搞懂，甚至根本连想都没想：大家都离开了，我们却留了下来，而造成这一切的似乎是我。直到这时我才意识到这点。

　　"这时候，我们全班人都垂头丧气、慢吞吞地回到教室去取行李箱。米罗诺娃带领的那伙人围住了我们，他们所有人的眼神都是一样的，透出邪恶、刻毒而又陌生的光。他们都跟我对着干！

　　"也许这是我第一次打哆嗦……一个人对抗所有人是很可怕的事情，哪怕你是对的。

　　"事情就这样发生了，开始了……

　　"瓦利卡大喊：'哇！蛇啊！它在咝咝地叫啊！'他喊得很大声，四周所有不相干的人都听到了。他是我们班嗓门最大的人。

　　"所有留在院子里没来得及离开的人，都开始回过头张望。一年级生们发出刺耳的尖叫声：'蛇在哪呢？……蛇在哪呢？……'他们的年纪还太小，不能被带去旅游。

　　"'就是她啊，孩子们，就是她！你们看！'红毛推着我说，'她是条响尾蛇！你们别走近她，不然她会咬人的！'

　　"孩子们被吓呆了。他们长了这么大，还是第一次看到长成人样儿的响尾蛇。

　　"同学们一直在逼近我和季玛，他们喊道：

　　"'马屁精！'

　　"'告密者！'

　　"季玛开始忙乱起来：'同学们，你们干吗啊？……我们还没把事情

弄清楚！'

"'弄清楚了。'铁钉斩钉截铁地说，'我们做出了强硬的决定：绝不原谅！'

"瓦西里耶夫被吓坏了：'所以这是来真的吗？……别索利采娃，这真是你干的？你说啊，快告诉他们说你是开玩笑的。'

"'这哪是玩笑啊！'施玛科娃唱歌似的说，'是不是啊，小季玛？'

"季玛没有回答。

"'把她放在火上烧！'红毛叫道。

"但现在红毛这句话，已经没法把同学们逗笑了。

"'干吗要绝交啊！'季玛手忙脚乱。

"'我说过好多次了，'瓦利卡兴奋地大声喊，'他跟她是一伙的！哈，索莫夫，你等着瞧吧！……'

128

"'围成一圈！'铁钉下令，'大家互相抓紧手，别叫他们跑了！'

"他们的手紧紧地交握起来，围成车轮一样的圆圈。这个车轮像是要从我和季玛身上碾过去。

"'怎么能这样呢？'瓦利卡不肯停息，'索莫夫反对绝交，大家却要放他一马？啊？……也跟索莫夫绝交！'

"'安静！'铁钉走近圆圈里问季玛，'索莫夫，你不同意跟别索利采娃绝交吗？'她完全没理我。

"季玛看了我一眼，又没说话。

"'沉默的意思就是不同意！'红毛大喊道。

"'那也跟他绝交！'铁钉做出了决定。

"'我？'季玛害怕了，'跟我绝交？……'

"'玩完了吧！'瓦利卡哈哈大笑。

"'索莫夫，从这一刻起，你对我们而言就不复存在了。'米罗诺娃说。

"'索莫夫曾经存在过，然后人间蒸发啦！'施玛科娃开心地说。

"'米罗诺娃，你听我说……'季玛开始说道。

"但是米罗诺娃背过身去了。

"'施玛科娃，连你也要反对我吗？'季玛惊讶地说。

"'当然啦，'施玛科娃回答说，'我才不跟叛徒们打交道呢。'

"'打他们！'瓦利卡冲向季玛。

"我惊恐地闭上了眼睛。

"瓦西里耶夫挣脱开了这个圈子，在瓦利卡扑到我们身上之前，抓

住了瓦利卡。季玛猛地抓起我的手，带我一起跑掉了。"

莲卡微笑了："他几乎是把我抱走的……是啊，是啊……他其实是个大力士呢！"

"当然了啊。"尼古拉·尼古拉耶维奇像个小男孩一样尖刻地讽刺道，"他可是最有力量，最勇敢的人呢。"

莲卡听不出尼古拉·尼古拉耶维奇话里的讽刺意味。

"当我们冲出来的时候，"她继续说道，"我们听到了身后的脚步声。他们跟在我们后面大叫，我能听出他们的声音。'追——击！'是米罗诺娃的声音。'打他们！'是瓦利卡说的。而施玛科娃说的是'绝——交！'。他们的叫喊声追上了我们，我们头也不回地用尽全身力气奔跑。

"我们跑到理发店，停下来休息。我几乎平静下来了。季玛救了我，我很开心。先是我救他，然后是他救我，这难道不是很好吗？

130

"我偶然朝理发店的镜子里瞥了一眼，没有认出自己来。镜子里的那个人好像不是我了。我仿佛长着另一张脸。

"理发师是克拉娃阿姨，她是红毛的妈妈。她从门内向外望，看到了我们，然后对我说：'真漂亮啊，真漂亮……'

"这时我和季玛正在进行一次非常重要的谈话。

"'你是什么时候把一切告诉玛格丽塔的？'季玛说。

"'我？告诉玛格丽塔？'我问。既然他是这么大的一个傻瓜，不明白我做这一切只是为了他，那我还是沉默不语好了。我又往镜子里看了一眼，不知为何唱了起来：'玛——格——丽——塔！'

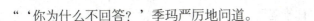

　　"'你为什么不回答？'季玛严厉地问道。

　　"'玛——格——丽——塔！'我又唱又跳，'你注意到她的眼睛了吗？她跟我们说着话，但她眼里呢……她眼里只看得到自己的未婚夫。她的裙子好漂亮啊！等我长大了，我一定给自己缝一个这样的！'

　　"'听我说，'季玛打断我的话，'你别再搪塞我了！说，你是什么时候把一切告诉她的？'

　　"'我什么都没对她说！'

　　我又一次转向镜子，想道：'要是我学会抿嘴的话，那我就美极啦。'

　　"季玛站在我身后，但是在镜子里，我们的脸是紧挨着的。从旁观的角度看我们俩是很有趣的，就好像我们被拍进了同一张照片里。

　　"他又问：'那你告诉谁了？'

　　"'我谁也没告诉！'我抿着嘴微笑了起来，没让嘴唇咧到耳朵边去。

　　"'怎么会谁都没告诉呢？……'

　　"'就是这样！谁都没告诉！'我慢慢地转过身面对着他，把眼睁得很圆很圆，也没忘记抿嘴唇。我现在决定永远做一个美女，'不信就算了。'

　　"'好吧，那你解释一下，你为什么要对大家说那些事是你干的？'

　　"'我想说就说了啊，'我又一次美美地笑了起来，'我一开始并没有打算这样做，但是突然有人撬开了我的嘴，用我的声音说："这事是我干的！"'

　　"他害怕地看着我。

"我问：'你干吗要这样看着我？'然后又平静地补充说，'我那时候就站在门边，我全都听到了。'我说得这么平静，是因为不想让他心脏炸裂。

"我的回答震动了他，他开始摇晃，仿佛喝醉了酒一般，好不容易才用双腿站稳。

"'所以你是为了我？！'他终于猜到了。出于惊讶，他的眉毛挑得很高。

"'不是的，'我回答说，'我是为了亚历山大·谢尔盖耶维奇·普希金。'

"'真是服了你了……'他坐立不安，'为了我！……那现在要怎么办呢？'

"'你想怎么办就怎么办。'我满不在乎地说。

"我把一切都告诉季玛以后，就完全不再害怕了。他知道是我救了他，这让我感到很开心。

"'他们会把我们折磨死的。'季玛用阴沉的语调说。

"'但是我不怕啊，'我回答道，'我们两个不是一伙儿的吗？'

"'是一伙儿的！'他突然猛地冲了出去，就像发疯了似的，'我们去找同学们！我把一切都告诉他们！……'

"'他们在那儿！'我远远地看到了他们，大喊起来，'是同学们！'

"同学们从角落里跑了出来，却没有听到我的喊声，也没发现我们。

"不知道为什么，季玛却用手捂住我的嘴，把我拉进了理发店敞开的大门。

"克拉娃阿姨惊讶地看着我们。很明显，她本来想问我们，为什么季玛要捂住我的嘴巴把我拖进来，但她没来得及问出口，因为理发店的窗边，闪过了一个又一个追捕我们的人：有米罗诺娃、蓬头、红毛、施玛科娃，还有波波夫……

"'托利克！'克拉娃阿姨透过窗户看到了红毛。

"'他们在这儿！'瓦利卡的声音传到了我们这里，'我的嗅觉像狗一样灵。'

"我当时在想，他们很快就会找到我们，抓住我们，把我们拎到光天化日之下了……他们会喊'打她！'，然后季玛就会把所有真相说出来！……我这样想着，开心了起来。

"所有最悲哀的事情都是从这一刻开始的。假如我不是个傻瓜的话，那我肯定立刻就明白了，但我仍然心怀希望。总之，我看了季玛一眼，发现他又一次因为害怕完全变了个样儿。他的眼珠乱转，嘴唇颤抖……浑身上下像波浪似的来来回回地起伏着，所以我又开始可怜他。当四下无人的时候，他是个勇者，但只要同学们一出现，他就是最差劲的懦夫……

"总之，我们站在窗帘后面，没有动弹。克拉娃阿姨迅速走向门边，想逮住自己最爱的儿子。但是尽管她走得很快，季玛还是逮住机会及时向她请求，不让她把我们供出去。他用颤抖到极点的声音说道：'克拉娃阿姨，您别把我们供出去啊……我们在躲他们，这是一个游戏。'

"克拉娃阿姨一边开门一边点头，表示自己全都明白。她大喊道：'托利克！你为什么没走？'

"'没让我们去。'红毛回答道。

"他站在离我们三米远的地方，我甚至看到，克拉娃阿姨的肩膀后面露出了他的脸。

"我以为自己待会儿肯定会打喷嚏的，毕竟人们在藏起来的时候，总会在紧要关头打喷嚏或者咳嗽。但是我没有咳嗽，也没有打喷嚏。

134

"爷爷！你知道我现在有多后悔吗，后悔自己当时没有故意咳出声。那样的话，红毛就会听到，然后把所有人叫来……季玛就不得不把一切都说出来……想想吧，一个喷嚏能改变多少事情啊！

"当红毛告诉妈妈，说有人没让我们去成莫斯科的时候，克拉娃阿姨非常吃惊，向后退了一步，用手捂住了脸。

"'真糟糕！我给你爸打了电话，说你出发了。'

"'他怎么说？'红毛急着追问。

"'他说他很高兴，会等你过去。'克拉娃阿姨回答。

"'他在等？'我看到，红毛的脸色都变了，脸颊突然烧得通红，'他是在等我吗？'

"'当然是等你啊，不然还能等谁？'克拉娃阿姨抚摸着红毛的脑袋，'见到你他会很高兴的，你之前还不信呢。'

"我瞥了季玛一眼。我们偷听了别人的谈话，有些尴尬，毕竟红毛并不知道我们听得到他说话啊。我用胳膊肘推了季玛一下，想走出藏身的地方，但是季玛把我抵在了墙上。

"'那么，也许他可以亲自来我们这里？'红毛有些迟疑地轻声说，'那样的话就太好了！'

"'你说什么啊，'克拉娃阿姨叹了一口气，'他永远都不会来的。'

"'为什么？'红毛的声音是如此的悲伤而忧郁，我从来没听到过他发出这样的声音，'我们已经三年没见了啊！你自己也说了，他很高兴，他在等我。'

"'他不会来的，'克拉娃阿姨叹了一口气，'他有工作。'

"'他会来的！会来的！会来的！'红毛突然大叫起来。

"'你怎么了啊，托利克？……'我看到克拉娃阿姨拥抱了自己的儿子，'你别哭！'

"'红毛！'传来了蓬头的声音，'他们不在这里！我们快走！'

"'让他们等着瞧吧！'红毛从妈妈的怀里挣脱出来，'我要让丑八怪瞧瞧我的厉害！……'

"克拉娃阿姨喊着他的名字：'托利克！托利克！'但是托利克早就跑得没影了。

"克拉娃阿姨走进理发店，和我们撞了个满怀。很明显，她把我们

忘了。

"'啊，你们还在这里啊！'她说，'站住，站住，你们和我的托利克是一个班的吧？'

"'是一个班的。'季玛勉强挤出一句话。

"'为什么没让你们去莫斯科？'克拉娃阿姨问。

"我和季玛交换了一下眼色。

"'唔，是因为……'季玛回答说，'是因为我们昨天逃课看了电影。'

"'真是一群没有良心的孩子！'克拉娃阿姨摇着头说，'一群淘气包！'

"我们没再听她说话，冲出了理发店。季玛突然把自己的手放在了这个地方。"

136

莲卡给尼古拉·尼古拉耶维奇表演了一下，季玛是如何把手放在她肩上的。

"我们就像是成年人一样，是男女朋友。"她微笑了起来，看着尼古拉·尼古拉耶维奇，"你12岁的时候搂过女孩子吗？"

"我？12岁的时候？"尼古拉·尼古拉耶维奇被这个问题搞糊涂了。

他想对莲卡撒谎，说自己当然搂过女孩子，但之后他觉得自己像个小男孩，脸也变红了，因为他完全不会说谎。于是他承认了，说自己没搂过女孩子。

"你看，"莲卡胜利地说，"但是季玛搂了我，还是在大白天，当着

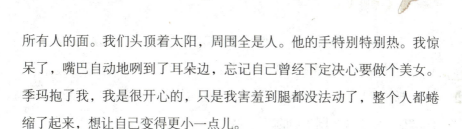

所有人的面。我们头顶着太阳，周围全是人。他的手特别特别热。我惊呆了，嘴巴自动地咧到了耳朵边，忘记自己曾经下定决心要做个美女。季玛抱了我，我是很开心的，只是我害羞到腿都没法动了，整个人都蜷缩了起来，想让自己变得更小一点儿。

"他搂着我走到了我们住的街道上，这时季玛的妹妹、小坏蛋斯维特卡看到我们搂着走了出来，大声喊道：'新郎新娘！抱住别放！新郎新娘！抱住别放！'

"'真是个小傻子，'季玛说，'你别管她。'

"我回头看了斯维特卡一眼，然后说：'你再喊一次，再喊一次！'

"'莲卡是新娘！莲卡是新娘！'斯维特卡大声叫道，'季玛是新郎！'说完她就逃走了。

"我俩站在原地没有动弹。

"爷爷，你知道吗？不知为何，我很喜欢让斯维特卡这样逗我。"莲卡转过身来，朝着尼古拉·尼古拉耶维奇说，"这样很不好吗？"

"怎么会不好呢？"尼古拉·尼古拉耶维奇回答说，"从某种程度上来说，这甚至是非常好的。"

"我也是这么想的。"莲卡兴奋地说，"完全跟你想的一样。我开始想去做一些很特别的事情。我说：'季玛，你知道吗……我现在要去理发店找克拉娃阿姨！'

"他吓到了，问：'为什么？'

"'我想做个发型！……不然我总是扎着麻花辫……'

"'你这个主意很好。'他又高兴起来,'我们走,我领你过去。'

"我们就当着斯维特卡的面转过身,向城里跑去。"

"那季玛是怎么做的?"尼古拉·尼古拉耶维奇几乎是在大喊大叫了,"他有没有说起同学们的事情呢?"

"你干吗要这么大声喊?"莲卡回答道,"他当然……说了啊。我的意思是,他什么都没说……他只是平静下来了。"

"平静下来了?"尼古拉·尼古拉耶维奇追问道,"这可真是天大的好消息!"

莲卡点点头,说道:"他平静下来了。"她像往常一样,没有听出尼古拉·尼古拉耶维奇话里的讽刺意味。

"他对我说:'你知道吗,我想过了,要是我现在立刻承认的话,同学们是不会相信我的,他们只会觉得我是在救你。所以得先让他们做个心理准备。我去承认的时候,你最好不要在场。'他看了我一眼,问道,'你是怎么想的呢?'"

"看呐!"尼古拉·尼古拉耶维奇说,"这就很有意思了。你是怎么回答他的?"

"我回答说:'我跟你想的一样!'"

"这回答很巧妙啊,"尼古拉·尼古拉耶维奇说,"那他是怎么说的?"

"他非常安静,非常平和……我觉得,他很喜欢我的回答。那一刻,我为此感到非常开心,因为这说明我又一次帮到了他。我已经数不清这是第几次帮他了。

"真厉害啊，他还'非常平静'呢，"尼古拉·尼古拉耶维奇突然生气了，"你的同学们四处追捕你，他们打算揍你啊！而他竟然一声不吭？！"

他气到了极点，简直都要跳起来了，在房间里一边徘徊，一边低声地咆哮。

"你干吗哈哈大笑？"莲卡仔细地看了看尼古拉·尼古拉耶维奇。

"我哈哈大笑？！"尼古拉·尼古拉耶维奇回答道，"我告诉你，我是在大哭！真是个平静……平静到不能再平静的男生！……真是个乖孩子！得时时刻刻关照他才行，我看得出来！不然他随时都有可能割断你的喉咙。"

"你是在指责我吗？因为我可怜季玛，而他是……一个叛徒？"莲卡问。

"当然可以原谅别人！……但是不能原谅叛徒。"尼古拉·尼古拉耶维奇回答道，"而且我本身就不喜欢卑鄙的人。"

"你自己曾经说过的，要做一个仁

慈的人！"莲卡争辩道。

"我说过！我是说过！"尼古拉·尼古拉耶维奇又开始大叫，"我永远不会否认自己说过这样的话！但你只是怜悯了一个卑鄙小人，就觉得自己是仁慈的了？……这太可笑了！"

"他不是卑鄙小人！他不是！至少那个时候还不是……"莲卡回答道，声音渐渐变低了，"那个时候我只能这样做……能帮到他，我是很高兴的……"

"那你为什么要离开？"尼古拉·尼古拉耶维奇问。

莲卡看着他，就像一只被逼到墙角的小老鼠。

但尼古拉·尼古拉耶维奇的怒火像火山一样迸发了出来，已经停不下来了。

"你这根本不叫仁慈！你只是原谅季玛而已……那其他人呢？"

"其他人都是坏的！"莲卡大喊，"都是邪恶的！他们都是一群狼和狐狸！要是他们不这样的话，季玛早就承认了。"

"我不相信你们班里都是坏人！"尼古拉·尼古拉耶维奇说，"这不可能。"

"你不信？"莲卡愤怒地看着尼古拉·尼古拉耶维奇。

而尼古拉·尼古拉耶维奇坚决地回答说："我不信！"

现在他们面对面站着，两个人的眼里都燃烧着熊熊怒火，尼古拉·尼古拉耶维奇慢慢地逼近莲卡，而莲卡一直在后退，直到她的背靠上了墙壁。爷爷居然不相信她！这让她感到无比震惊。

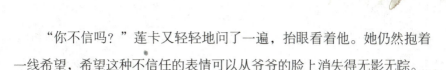

　　"你不信吗？"莲卡又轻轻地问了一遍，抬眼看着他。她仍然抱着一线希望，希望这种不信任的表情可以从爷爷的脸上消失得无影无踪。

　　尼古拉·尼古拉耶维奇也开始怜悯莲卡了，他几乎打算收回自己的话，但最终还是绝望地摇着头说："我不信。"从另一个方面看，他又能怎么办呢？要完全顺着她来吗？那样会导致她做出什么事情呢？她还会跑到那个小混蛋身边去，然后原谅他！没错了，不能顺着她来，必须要有明确的立场。而且"顺着别人说话"到底算什么呢？这不是巴结人吗？不，做这种事不符合他的原则。

　　"他们都是一模一样的混蛋！"莲卡喊道，"你很快就会知道了！"

　　"我永远都不会相信！"尼古拉·尼古拉耶维奇的眼睛变得严厉又冷酷，脸上的伤疤闪着刺眼的白光，"永远都不会！"

　　"你跟他们是一伙儿的！你还什么都不知道呢，就已经在跟我作对了！"莲卡全身缩成一团，"我不想看到你了！我要走！我要走！"然后她迅速往外跑。

141

　　尼古拉·尼古拉耶维奇跟在她身后冲了出去，抓住了她的肩。他以为她会挣开，但她却转身面向他，刚刚还充满怒火的脸变得既纯真又美丽，仿佛她还只是个八岁的小姑娘。只不过她的眼睛里满是痛苦，这说明她正在吃力地想着什么。

　　"你冷静一下吧，"尼古拉·尼古拉耶维奇温柔地把她搂在胸前，抚摸她那温暖的后脑勺，"你是个好孩子！"他用手抚摸过她细细的脖颈，她的脖子就像一根小树枝，一棵细稻草，这让他感到非常痛苦，"我

们坐下吧……"他拉着仍在抵抗的莲卡，让她坐在沙发上，"然后你继续讲，把一切都原原本本地告诉我。我保证不再打断你了，不然我其实是在过早地下结论……"他抱住她，把手掌放在她嶙峋的肩胛骨上，紧紧地搂住了她，"尽管我并不否认我自己说的话。"

莲卡沉默不语。

"你知道吗，我要去烧水。"尼古拉·尼古拉耶维奇站了起来，"我们喝点茶吧。我认识一个非常快乐的老太太，她说过：'我看得出来，喝茶让我受益良多！'"

但是莲卡坚决地打断了他："我不想喝茶！"

尼古拉·尼古拉耶维奇看了她一眼。

"我也不会继续讲了。"她走进了旁边的房间。

尼古拉·尼古拉耶维奇带着自己所有的悲伤情绪，想着莲卡。他想，她是一个不同寻常的人，不但有激情，还努力追求正义。在很多方面，他都非常理解她！没错了，他们确实是"一路货色"。接着他就变得有些羞惭。他居然把自己想得这么好，这也太不好意思了。

不过，尼古拉·尼古拉耶维奇高兴得太早了。虽然莲卡没有离家出走，虽然在他们大吵一通以后，她也对他说过几句话，但是随后，她便爬上沙发躲在角落，好久都不作声。

尼古拉·尼古拉耶维奇开玩笑逗她，还讲了各种好笑的故事，但是一点儿用都没有。莲卡依然沉默着。这时候他重重地叹了一口气，穿上工作服，开始做家务。他觉得做起事儿来心情就会变好的。

尼古拉·尼古拉耶维奇从院子里抱来了一捧木柴，用力地把它们扔在了地板上。他以前从来没这么干过。劈好的柴火稀里哗啦地摔在地板上，瞬间打破了这阵令人难过又不自然的寂静。

但这时莲卡依然沉默不语。

尼古拉·尼古拉耶维奇生起火来，火焰呈柱状向上燃烧。他用的是一种圆形的"士官牌"炉子，炉身用铁皮覆盖，被漆成了黑色。这个炉子从地板一直通到天花板，因为炉膛里有火焰在熊熊燃烧，所以炉子变得颤颤巍巍的，似乎有些摇摇欲坠了。尼古拉·尼古拉耶维奇觉得，这个炙热又总是发出响声的炉子，什么时候说不准就会整个儿拔地而起，冲破天花板，像个宇宙火箭一样飞向天空。也许它能把莲卡的悲伤带到永恒的星星上，暗淡的月亮上和灿烂的太阳上吧？

当然，这样的事情并没有发生。

奇迹也没有出现。炉子里的火渐渐熄灭了，火舌舔舐着的煤炭先是亮红色的，接着又变成了闪烁的深蓝色。

尼古拉·尼古拉耶维奇非常迷茫地摊了摊手。他不明白，要怎样做才能缓解莲卡的悲伤。

后来，他给其他的炉子都生了火，在各个房间里徘徊。他收集的画作挂得到处都是，从地板一直延伸到天花板。尼古拉·尼古拉耶维奇凝

视着这些画——画上描绘的都是一些如今已经见不到的人。他们都长着椭圆的严肃的面孔和大大的眼睛。他们默默地看着尼古拉·尼古拉耶维奇独自忙活，他不停地在炉子旁边俯下身来扔木柴，不让炉火熄灭。

要知道，如果他的祖先、农奴画家别索利采夫没有画下这些人像，如果家族里的其他人没有一代又一代把这些画保存下来，那么世界上就不会留下这些活生生的脸庞，也永远不会有人知道，这些人曾经在我们的土地上生活过。

最近尼古拉·尼古拉耶维奇时常会想起这些事情。本来，他的生命跟每个人的生命一样，是非常短暂的，因而也令人无比伤怀。可是现在，他的生命却突然变得极其漫长，仿佛持续了好几个世纪。

他不住地往炉子里扔着木柴，把房子后面的三个小房间烧得暖烘烘的。他回想起，有一天早上他醒过来，忽然觉得自己像是在这里住了一辈子，尽管他十年前才回到这座老屋。别索利采夫家族和小城的往事已经织成了一张紧密的网，笼罩在他的生命里；交织成了牢固的纽带，没有人能解开，也没有人可以将它斩断。

他从这幅画走到另一幅画，悄无声息地与油画上所有的人交谈着，直到他走到《玛莎》这幅画旁，又一次凝神细看时，却为它赞叹不已了。

尼古拉·尼古拉耶维奇把眼光转向莲卡——她和画上的玛莎实在太像了。

玛莎站在门洞里，整个人呈现出一种透明的白色，身上穿着家织的拖地衬裙。很明显，这个小姑娘打算从阴暗的木屋里，跑到院子里灿烂的阳光下，但最后一刻，她不知道为何突然停在门边，猛地转过了头。她的头发被剃了个精光，也许她在这之前生了病？她的嘴唇半张着，就像是刚刚说了某句话似的，这句话几乎就要传到尼古拉·尼古拉耶维奇的耳边了。正因为这个缘故，他每次走近玛莎的时候，总是会尽量不发出声音，努力地倾听她的心声。

说实话，尼古拉·尼古拉耶维奇对玛莎有所怀疑。他疑心玛莎对莲卡有着血缘上的影响，就像是在影响自己的后代一样。因为他在带回《玛莎》这幅画后的第二天，听到莲卡在对某个人说话："你别这样看着我，我反正是不会那么做的，绝对不会！"

尼古拉·尼古拉耶维奇迅速地走进房间，想知道是谁来找莲卡了，但是房间里一个人也没有。尼古拉·尼古拉耶维奇问莲卡，是谁在跟她说话，而她变得害羞起来，什么都没说。不过他很清楚，她是在跟玛莎说话。

又过了两天——尼古拉·尼古拉耶维奇之所以把这个日子记得很清楚，是因为那天是十一月七号①，他早早地起了床，成了他们街道上第一个把旗子挂在门上的人，之后就开始做节日早餐。这时电话响了，莲卡迅速地冲过去接电话，尽管尼古拉·尼古拉耶维奇就站在电话机旁边，他都没来得及抢在莲卡之前拿起听筒。她抓住话筒，说了一句"喂？"就把电话挂掉了。尼古拉·尼古拉耶维奇猜测这电话是季玛打

145

---

① 十一月七号是当时苏联的十月革命节。

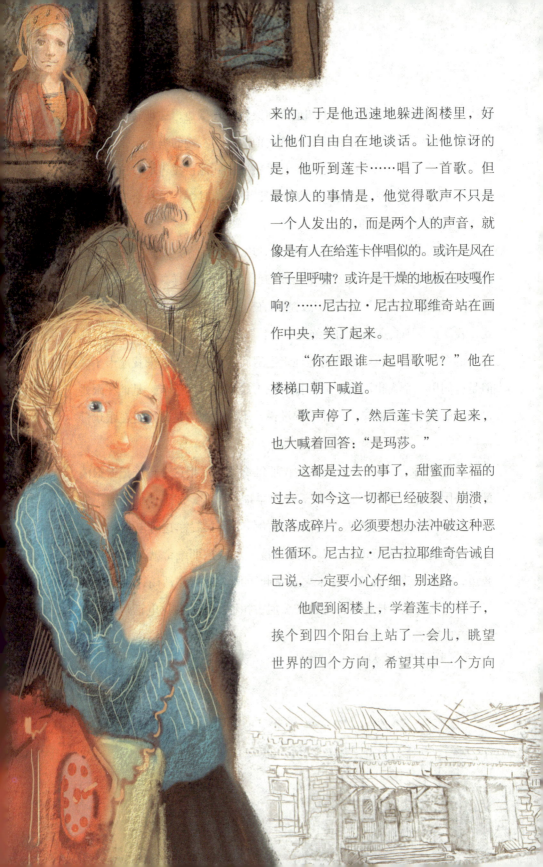

来的，于是他迅速地躲进阁楼里，好
让他们自由自在地谈话。让他惊讶的
是，他听到莲卡……唱了一首歌。但
最惊人的事情是，他觉得歌声不只是
一个人发出的，而是两个人的声音，就
像是有人在给莲卡伴唱似的。或许是风在
管子里呼啸？或许是干燥的地板在吱嘎作
响？……尼古拉·尼古拉耶维奇站在画
作中央，笑了起来。

"你在跟谁一起唱歌呢？"他在
楼梯口朝下喊道。

歌声停了，然后莲卡笑了起来，
也大喊着回答："是玛莎。"

这都是过去的事了，甜蜜而幸福的
过去。如今这一切都已经破裂、崩溃，
散落成碎片。必须要想办法冲破这种恶
性循环。尼古拉·尼古拉耶维奇告诫自
己说，一定要小心仔细，别迷路。

他爬到阁楼上，学着莲卡的样子，
挨个到四个阳台上站了一会儿，眺望
世界的四个方向，希望其中一个方向

可以给他指引。但这样做后，他并没有得到任何结果。

尼古拉·尼古拉耶维奇走下楼梯，来到花园里，开始锯掉树上干枯的枝杈。树枝被锯掉以后，留下了新鲜的创口，于是他把修屋顶用剩下的棕色颜料涂了上去。

他本以为这个工作可以把莲卡吸引过来，但她却没有来帮他。也就是说，她不想用刷子蘸取颜料罐里的颜料，涂在浅色的木头锯口上，在灰色的苹果树干上留下一个个显眼的斑点？……事情很糟糕啊！

他一边在花园里干活，一边密切关注着莲卡。有一次，她离开了房子，他就立刻像个影子一样跟在她身后，她去哪儿，他就去哪儿。他还是想从她紧闭的唇里打探出一两句话，用聊天的方式劝解她，逗她开心……但她顽强地沉默着，像是个哑巴。

他捕捉到了她那忧郁又恐慌的眼神，心脏就像被刀子捅过一般。他是如此想要帮她，不停地想拯救她。他向莲卡冲过去，但她却从旁边走开了。被雨打湿的树枝变成了黑色，而她的脑袋在树枝间闪了一下，就不见了。

在这之后，尼古拉·尼古拉耶维奇放下花园里的工作，回到了家。他躺在床上，把被子盖过头顶，想好好地休息一下，希望醒来的时候能做出一个果断又明确的决定。

可是他睡得是那样地局促不安，总觉得有人在轻轻地叫他，不知为何，这个人还拽了他的鼻子。或许这是在做梦吧？他立刻睁开了眼睛，看到莲卡站在他面前。尼古拉·尼古拉耶维奇眨了眨眼，发现周围空荡

荡的，根本没有莲卡的影子。她消失了，房间里空无一人。他想："我真是被逼到绝境了啊，一个吓坏了的人，什么都能梦到……"

尼古拉·尼古拉耶维奇翻了个身，为了以防万一，他还用手捂住了鼻子，这样就不会有人在他睡觉时拽他。但他刚刚睡着，就又觉得有人在轻轻地叫他。

这下他彻底不想睡了。恐惧攫住了他，让他战栗起来：为什么听不到莲卡的动静？她在做什么？他迅速站了起来。

他小心地溜进莲卡的房间，想要确认她是不是安然无恙。

莲卡也在睡觉。这困苦的一天让她感到非常疲惫。

黄昏已经来临，一场罕见的秋雾正无声无息地敲打着窗户。在夕阳的照射下，他觉得莲卡的脸庞是那样的美丽与圣洁。

尼古拉·尼古拉耶维奇生气地想道，"多么漂亮的小家伙啊，多么神奇的人儿啊，但那个倒霉又卑劣的季玛·索莫夫，居然这样对待她！"

尼古拉·尼古拉耶维奇缓慢又安静地退到门边，他屏住呼吸，蹑手蹑脚地走在地板上，这样就不会把莲卡惊醒，也不会破坏这幅美丽的画面。走到门槛上的时候，他最后一次回过头，想要再欣赏一下莲卡的样子，然后……他吃惊地僵住了：她正用毫无睡意的双眼注视着他。

不仅如此，莲卡的注视，就像是猫对老鼠的注视，仿佛眼看着就要扑上去逮住。可不要让她以为爷爷是在监视她啊。

"你知道吗，我梦见有人拽了我的鼻子。"尼古拉·尼古拉耶维奇带着歉意说道。

他打定主意用这件事逗笑她，他成功了。

"拽鼻子？"她笑了起来。

"我还梦见，那个拽我鼻子的人就是你！"尼古拉·尼古拉耶维奇仔细地看着莲卡。

"我？"莲卡又笑了。

尼古拉·尼古拉耶维奇喜欢看莲卡这样笑，就像是铃铛响起来，落在了草地上。

这时，尼古拉·尼古拉耶维奇突然意识到，莲卡又跟他说话了。这说明她原谅他了吧？……

"也许你确实到我那里去过？"尼古拉·尼古拉耶维奇小心翼翼地问道。

莲卡点了点头。

"然后拽了我的鼻子？"

莲卡又点了点头。

"太可恶了！你怎么敢这样做？你可能会把我的鼻子拽掉的。或者你会把我的鼻子挠破，这样也舒服不到哪儿去。"

"我想把你叫醒……你知道这是为什么吗？"她看着他，就像打算揭开某个秘密似的，"你其实是对的，我一点儿都不仁慈。你还记得吗，我对你说过，红毛就像个马戏团里的小丑，他连假发都不需要戴，天生就长着一头红发。所有同学都对着他哈哈大笑，我也笑了，而他自己笑得比谁都响。他笑到眼里含泪。你还记得吗？"

"当然记得。"尼古拉·尼古拉耶维奇回答说。

"你认为，他为什么会这样？"莲卡不安地问道。

"因为他是红头发。所有人都在喊：'红毛！红毛！……'而他很害怕这一点儿，所以就努力去合群随大流。大家都喊，他就喊，大家都打，他就打，即使他本身并不情愿，他也会跟着做。我了解这样的人。

"爷爷，万一他不是在嘲笑自己，而是在哭呢……"莲卡恐慌地沉默了，"万一他不是因为开心才流泪，而是因为难过呢？……而我还嘲笑过他。"

"也许，你还看错了某个人吧？"尼古拉·尼古拉耶维奇问道。

"你是这样想的吗？"她陷入了深深的沉思，"我看错了谁呢？"

对于发生的这些事情，莲卡有了新的想法。她那灵动的脸庞立刻有了变化，显现出一副迷惑的表情。这张脸像是在说话：怎么能嘲笑红毛呢，就因为他长了一头红发？

她的眉毛悲哀地垮了下来，嘴角也不再上翘。她转身朝向尼古拉·尼古拉耶维奇，在渐渐昏暗的灰粉色光线中，他看到了她那双悲伤的大眼睛。

第 九 章

莲卡正在做一个惊艳世界的发型，而季玛就等在理发店旁边。他把胳膊肘支在玻璃橱窗的栏杆上，非常好奇地读着一本名叫《青年技术员》的杂志。

之后他看到了米罗诺娃和施玛科娃。她们一边说话，一边慢悠悠朝他这个方向走来。

不知为何，季玛还没来得及去思考，就已经躲进了理发店后面的角落。这是为什么？怎么会这样？他并不完全清楚。他本来已经打算走出藏身之地，却又想起他的父母还不知道他没有去莫斯科。于是他跑回家，想把这件事告诉他们。

在路上他又想到，这样不说一声就把莲卡丢下，不太好。等她做完了新发型，快快乐乐地走出理发店的时候，他却不见了。万一她碰上那些疯子，被纠缠打骂呢？他们什么都干得出来。他坚定地转过身来，却和瓦利卡撞了个正着。他感觉自己开始沉思，心中满是迷惑，以前可从来没有过这种事儿。

"你那个小女朋友在哪？"瓦利卡问。

"我怎么知道，"季玛不由自主地说出了这句话，尽管他并不想这样回答，"逮她的人是你，又不是我。"他继续跑，尽量不去想莲卡。

他边跑边幻想自己勇敢地向大家揭开秘密，承认了自己的"叛徒行为"。大家肯定会哈哈大笑！他们不会拿他怎么样的，他能够向他们证明自己是对的。他会对大家说，莲卡以为他害怕了，想要救他，而他却认为莲卡需要与困难做斗争，从而淬炼自己的意志，所以他才一直没有站出来说话。结果却发生了这样的事情！

他很喜欢这个意外的想法。一分钟以后，他已经确信这一切都是真的了。季玛高兴地跳了起来，转身向理发店跑去。

他急急忙忙地赶路，飞奔！……不过他并没有跑多久，就又停了下来。他想，还是等下一次再去找同学们坦白吧。他又向家里走，然后又站住了，心想：说不定大家会抓住莲卡，趁他不在的时候吓唬她。

152

"他们不会拿她怎么样的。"他安慰着自己，"恐怕现在大家都已经各回各家，狼吞虎咽地吃午饭了。"

季玛饿了，他想起今天的午饭是自己最喜欢的鸡汤面，于是急忙迈着最坚定的步伐回家了。

而这个时候，他的几个同班同学却压根没想着吃午饭，而是在操心索莫夫和别索利采娃失踪的事情。

米罗诺娃和施玛科娃在理发店旁边休息。她们在等那些分头进行追捕活动的男孩子们。

"我们跑啊跑……抓啊抓……"施玛科娃叹了一口气说,"但是谁都没抓到……他们这时候一定在某个地方玩呢,一边玩一边嘲笑我们。"

"我们会抓到的。"铁钉用阴沉的嗓音回答道。

"我可怜的腿啊……"施玛科娃抱怨道,"今天六点我就起来了,把全家人叫醒,收拾了行李……我还洗了头。妈妈给我准备了一条新裙子,背着我爸偷偷给我钱。她是个好妈妈。我们制定了一整个购物清单……我打算……你想在莫斯科买什么东西?"

"不想买什么。"铁钉稍微张了张嘴,不情愿地说出了这句话,

"米罗诺娃,我问你,你为什么是这样的人呢?"施玛科娃非常好奇地看着铁钉。

"什么样的人?"

"不像所有的女孩一样……你的妈妈特别时髦，我做梦都想成为这样的女人……"

"要拿你们怎么办才好呢？"铁钉突然打断了她的话，"你看，我们这边只剩下多少人了？用手指头都能数得过来……整个儿班里的人只剩下现在这些，这还是在我们宣布与叛徒绝交之后的结果。假如没有我，你们现在早就各回各家了。"

施玛科娃微微一笑，想转移她的注意力，可没有那么简单。

"昨天我遇见了你的妈妈。"她又开口说道，"她走在路上，穿着一件深蓝色的皮外套，而且外套很配她眼睛的颜色。我惊呆了。"她翻着眼睛，充满梦幻地说，"大概花了不少钱吧？"

"我对这个不感兴趣……施玛科娃，你还是说点别的吧。"

"好啦，好啦，你别生气嘛！你听我说！……你这么正直，这么公道，却跟丑八怪对着干。我们两个都是聪明的女孩，我们什么都明白。丑八怪做了什么啊？……不就是把发生的事情告诉玛格丽塔了吗，你却要折磨她！……这样子好吗？"

"这个事情很明显啊，是她悄无声息地把我们出卖了。"铁钉的脸颊变红了，"她以为不会有人知道，而且就算知道了又怎么样呢？……她也不会有事，因为就像你说的那样，她说的都是'真相'。但真相有各种各样的，她的真相只是背叛而已。她太不走运了，遇上了我。每个人都应当受到应有的奖赏和惩罚。"

"你的意志很坚定。"施玛科娃说。

"那你呢？"

"我吗？那就是另一回事儿了。我跟她有自己的账要算。"

铁钉漫不经心地从牙缝里挤出一句话："太琐碎了。"

"小鸡啄的都是小米粒嘛。"

对于这个故事，施玛科娃比谁都清楚，这让她感到非常开心。她幸灾乐祸、急不可耐地等待着事情的结果。啊，她那个时候正好在课桌下面听到了所有情况，真是太好了啊！当时她兴奋到小心脏差点儿跳出胸膛。她特别开心，这个好出风头的季玛·索莫夫终于倒了大霉，再也不会装出一副大领导的样子了。

让她不明白的事情只有一件：为什么那个奇丑无比的别索利采娃，会把一切责任都揽到自己身上来呢？……多半是因为她真的在走廊上碰到了玛格丽塔，又把所有的事情对她说了一遍。季玛真是个走运的人啊！但是无论如何，观察他如何脱身、如何害怕，也是一件很有意思的事情。当铁钉说她知道叛徒是谁的时候，他在教室里抖得厉害；当他害怕玛格丽塔把一切都告诉同学们的时候，也在抖。他会受到惩罚的！

这个隐藏在心底的秘密，让施玛科娃微笑了起来。她想象着索莫夫无尽的堕落，和别索利采娃灰暗绝望的处境。

"我跟所有人都有一个账要算。"铁钉一下子站了起来，眼睛里燃烧着真正的怒火，"只要你活得不正派，就要受惩罚！没有人可以逃脱罪责，没有人可以逍遥法外。永——远——都——不——行！"说着说着，她的声音越变越轻，几乎成了耳语，"不管对谁，都应该一视同仁，就连对父母也是一样的。"

"没错了，你的意志很坚定。"不知为何，施玛科娃笑了起来。

红毛和蓬头跑了过来。

"怎么样？"铁钉急忙转身面对着他们。

"他们不在家。"红毛说。

"河边也没有看到他们。"蓬头说。

瓦利卡出现在他们身后。

"铁钉同志，请允许我做汇报。"他站得直直的，摆出"立正"的姿势，"我遇见了索莫夫，只有他一个人。我问别索利采娃在哪，他说他不知道。我觉得他在撒谎。"

"你们可真是不行啊，"施玛科娃鄙视地叹了口气，"这么普通的事情都做不好，连个小傻瓜都抓不着。"

男孩们没有说话，一个个都垂头丧气的。

"你们看，是瓦西里耶夫。"红毛说。

"啊，倒戈的人出现了啊。"铁钉蔑视地说，"得教训一下他。"

他们一动也不动，沉默地看着瓦西里耶夫走过来。当他走近的时候，蓬头懒洋洋地站起来推了他一下。

"你干吗？"瓦西里耶夫发起火来，"你疯了吗？"

蓬头抓住他，扭住了他的胳膊。

"你是个倒戈的叛徒。"铁钉说，"我们在警告你。"

"我是叛徒？"瓦西里耶夫惊讶了，"我倒戈到哪里去了？"

"你不是叛徒的话，还能是什么？"瓦利卡狠狠地踩在了瓦西里耶夫的脚上，"你把他们放走了，不是吗？"

"蓬头，你别把我的胳膊扭断了。你干吗要显摆自己的肌肉啊？……"因为用力的缘故，瓦西里耶夫的脸涨得通红，额头上渗出一颗颗的汗珠，但他怎么都没法从蓬头坚硬的手臂中挣脱出来。"我也反对背叛行为！"瓦西里耶夫努力向他们解释，"但是为什么要打她呢？……她是个小姑娘啊。我们甚至没有听她解释。"

"那又怎么样？"红毛很生气，"既然这个混蛋落到我们手里了，她就得受罚！"

"红毛，你是好样的！"蓬头为了显摆自己的力量，重重地晃了瓦西里耶夫一下。

“怎么了？”红毛被夸得不好意思了，“本来有人在莫斯科等着我……为此我不会原谅她的。”

“有人在莫斯科等他！真是个王子啊！有人准备了旗帜和各种颜色的气球欢迎他，还有用三道菜组成的大餐。”瓦利卡故作丑态，“你这个倒霉的红毛，有谁会在莫斯科等你啊……”

“怎么了，就是有人等我！”红毛回答说。然后他又小声地加了一句：“是我的爸爸。”

“是爸爸啊！”瓦利卡笑得喘不过气来了，“既然你有爸爸，那你为什么还随你妈妈的姓？啊，露馅了吧！……”他得意扬扬地冲着红毛说，“你是谎话精！”

红毛什么都没回答，他站了起来，把头垂得很低，无精打采地走到一边。

“闭嘴！”蓬头朝瓦利卡探过身去。

“他干吗撒谎啊。”瓦利卡回答道，“大家都知道他没有爸爸。”

“我说了，闭上你的嘴！”蓬头已经在用威胁的语气说话了。

就在这个时候，理发店后面突然闪出来一个高高瘦瘦的身影——原来是喜气洋洋的波波夫。所有人立刻忘记了吵架的事情，死死地盯着他。他们都很想知道波波夫为啥那么高兴。也许他找到了别索利采娃？

“同学们！”波波夫愉快地说，“季玛的爸爸开了一辆新的日古利牌

小轿车！"

"别索利采娃在哪儿？"铁钉问道。

"没找着别索利采娃。"波波夫继续兴奋地说，"但是有新款的日古利小轿车，型号是瓦兹–21011。"

"七千二百六十一卢布！"瓦利卡嫉妒地呻吟起来，"现在我们可比不过索莫夫了。"

"胡说八道！"铁钉说，"我们还要跟季玛算账呢。"

"这又是为什么？"施玛科娃怀疑地看着米罗诺娃。

"我解释一下。"铁钉回答道，"一切都得是公正的。我们的斗争是公平的，我们要求索莫夫反对别索利采娃。假如他不同意的话……"

"索莫夫才不在乎你们呢！"瓦利卡冷笑着说，"我们对他说着绝交的事儿，而他坐上小车就离开了……你试试吧，看能不能撵上他！"

就在这时，理发店的门开了。让所有人始料未及的是，莲卡从那里飘然而来。她的变化太大了，大家已经认不出她了。她的头上不再顶着两条辫子，而是一个真正的发型：头发打着不柔顺的小卷卷，长度正好到她细瘦而突出的肩胛骨。

所有的同学都为莲卡的出场感到震惊。俗话说得好，真是踏破铁鞋无觅处，得来全不费工夫。

"这个出场可真是绝了！"施玛科娃妒忌地说。

瓦利卡是第一个反应过来的人，他谨慎地朝着猎物迈出了一步，不动嘴唇，从牙缝里挤出来一句话："四面包抄！"他们开始向莲卡身边移动。

莲卡也发现了同学们，开始往回跑，但是为时已晚，退路早已被堵住。红毛靠在理发店的门框上嗑瓜子，懒洋洋地把瓜子壳吐在脚下。

莲卡心急如焚，内心非常恐惧。她一会儿看向那边，一会儿看向这边。季玛在哪儿啊？他不是在这里等着她的吗？

同学们蹑手蹑脚、不紧不慢地靠近了她。他们知道她无路可逃，也就不着急了。只有瓦西里耶夫一个人迷茫地站在一边。

"站在那里的是谁啊？"瓦利卡尖叫道，"这个像画一样漂亮的美女是谁啊？"

红毛手搭凉棚作远望状，然后装腔作势地说道："在哪儿呢？在哪儿呢？"

"同学们，她不理我们！"蓬头挥舞着拳头，愤怒地喊道，"真够傲的！"

"莲卡，是我们呀，我们是你的同班同学啊！"施玛科娃说话像唱歌。

"我们给她点厉害瞧瞧！我们可是带了武器的……"瓦利卡在兜里掏出一个玻璃瞄准筒，往里面装满豌豆。他唱道："我们是和平人民，但我们的战车日夜守卫在最前线①。"之后便瞄准，射击。

莲卡捂住自己的脸颊，感觉自己像是被蜜蜂蜇了。

"她注意到我们了！"蓬头满足地嘿嘿笑。

莲卡站在理发店的白墙边，像被定住了似的。而瓦利卡平静地向她

---

① 瓦利卡唱的是《卡霍夫卡之歌》。

射击……打在鼻子上，脸上，嘴唇上！

疼痛和委屈让她很想大哭，但不知为何，她还是继续一动不动地站着，不由自主地捂住那些被豌豆打到的地方。

她就像一个被悬丝操纵着的木偶，做着最出人意料的生硬动作。这让所有人都觉得很好笑。

"砰"的一声，理发店的门又开了，克拉娃阿姨出现在门口，脸上满是怒火。她看到了自己的儿子托利克，想对他说出内心郁结的不满：没出息的淘气包，跑去看了电影，没去成莫斯科。但是她没来得及把这些话说出口，因为瞄准莲卡的又一批豌豆粒，重重地打在了克拉娃阿姨的手上。

"你闹什么呢？"她扑向瓦利卡，"你这个没良心的小坏蛋！"

"克拉娃阿姨，我瞄的不是您。"瓦利卡一边辩解，一边躲着克拉娃阿姨，"我要打的是她！"他指着莲卡说，"她是条蛇，正咝咝地吐着舌头呢！"

"我一点儿都不明白，"克拉娃阿姨回答道，仍然是一副气呼呼的样子，"你们这是怎么了？"

"她是个混蛋，而你却给她做发型！"红毛尖叫着，想要狠狠地打莲卡一下。

"你干吗？！"克拉娃阿姨惊慌失措，一边叫着"托利克"，一边抓住了儿子的手。

"你别妨碍我们！"红毛从母亲的手里挣脱了出来。

"克拉娃阿姨，我们只是在做游戏！"瓦利卡微笑着解释道。

瓦利卡和蓬头抓住莲卡，把她拉到了一旁。莲卡死死地抵抗着。她很害怕离开克拉娃阿姨。

"把她抬起来！"铁钉命令道。

"要像抬一个公主那样！她可是个大美女呢。"施玛科娃笑了起来，"嘴巴咧到耳朵边，不如给它缝上线！"她又向波波夫大喊道，"你还愣着干吗？"

波波夫冲过去帮助蓬头和瓦利卡，他们三个人试图把莲卡抬起来。

她拼命抵抗，发卷在她头上翻腾、蹦跳。

"季——玛——"莲卡突然叫了起来。

她的尖叫声特别锐利，就像当初在玩具工厂里被动物面具吓到时一

样。但是这一次，季玛却不会回应她绝望又悲伤的呼唤了。

"放开她！"克拉娃阿姨果断地横加干涉，推开大家，"这是什么烂游戏啊！你们会把她的发型毁掉的！"

瓦西里耶夫突然冲过去帮助克拉娃阿姨，也不知道他的力气是哪来的！他一边喊着"不要打女孩子"，一边把蓬头、红毛、瓦利卡和波波夫推得散开。莲卡这才从大家的手里挣脱出来。

莲卡推开挡路的施玛科娃，跑掉了……她穿过广场，消失在拐角处。

剩下的事情都是在一瞬间发生的。蓬头撞倒了瓦西里耶夫，米罗诺娃冲出去，紧紧地追着莲卡不放，而剩下的人大喊大叫，打着呼哨跟在米罗诺娃身后。

"托利克！"克拉娃阿姨喊着，"你回来！……托利克！……"

但托利克当然没有回来。这场追逐就像邪恶的暴风，将他卷走了。

克拉娃阿姨悲哀地摇着头说："真是一群可怜的孩子啊，没能去成莫斯科。根本弄不清他们的事儿，到底谁是对的，谁是错的呢？"她看着瓦西里耶夫，问道："你知不知道，他们为什么那样对她？"

"我不知道。"瓦西里耶夫闷闷不乐地回答道，拍打着自己摔倒后沾上的灰尘。

"我也是这么想的……你们这些孩子啊，总是什么都不知道。"克拉娃阿姨转身走进了理发店。

而这时候季玛又出现了……他看到了瓦西里耶夫。

"其他人在哪儿？"季玛上气不接下气地问。

“其他人？……还能在哪啊，他们撺别索利采娃去了。”

“撺？……唉，见鬼，我没赶上。”季玛说道，“我本来有些话要对他们说……”

“跟别索利采娃有关吗？”瓦西里耶夫问。

“跟她有关。”季玛散漫又自信地回答说，“我会打乱他们所有的计划。”

“那你想说的是什么？”瓦西里耶夫好奇了。

“暂时要保密。”季玛得意地笑了，露出了自己的牙齿。

“那就是说，你会帮她喽？”瓦西里耶夫开心起来。

“当然会帮。”季玛点点头。

“难道她真的是叛徒吗？”瓦西里耶夫非常担忧地看着季玛。

“你不相信？”季玛谨慎地问。

164

“事实是改变不了的。”瓦西里耶夫回答说，“但是不知怎的，我无论如何都不相信。”

“你喜欢她？”季玛突然发问。

瓦西里耶夫害羞了。在厚厚的玻璃镜片后面，他那又大又圆的眼睛躲闪着，目光移到了别的地方。

“不说话是吗？”季玛继续说道，“那就说明你喜欢她。”

“米罗诺娃疯了，她说既然有罪，就要受惩罚。而蓬头就像刽子手似的，要对她大砍特砍。”

"他们为什么要这样跟她过不去？"季玛小心地问道。

"不是跟她过不去，而是跟叛徒过不去。不管谁是叛徒，他们都不会原谅的。"瓦西里耶夫轻蔑地笑了起来，"就连你也不例外！"

"我是不怕的。"季玛回答说。不知为何，他突然又加上一句："瓦西里耶夫，你听我说，也许她最好还是离开这里？"

"离开？"瓦西里耶夫显然不喜欢这个建议，"永远离开吗？"

"你可真行啊，"季玛说，"有人都快被毁掉了，而你还不愿意跟她分别。"他沉默起来，陷入了思考，"假如是我的话，我肯定会把这个提议告诉她的。但是我不方便说……听我说，瓦西里耶夫，你来做这件事情吧！得救她才行啊。"

"她真是傻瓜！"瓦西里耶夫说，"她为什么要做那些事儿啊？"他看着索莫夫说，"为什么啊？！"

165

这时候远处传来了叫喊的声音，也许这声音来自上空，来自干净透明的天空。这样高阔澄远的天空，只属于干燥晴朗的秋日。

"丑——八——怪！"

"叛——徒！"

季玛和瓦西里耶夫互相看了一眼。

"我们坐在这里聊天……而她也许在挨打！"季玛突然大喊一声，冲了出去。

瓦西里耶夫也迅速地跟上了他。

第十章

"你想象一下吧，"莲卡说，"他们在整个城里追着我跑，当着所有人的面。我跑得太艰难了……从来没有人像追兔子那样追赶过你吧？"

尼古拉·尼古拉耶维奇没有说话，尽管他也被追赶过，知道这有多艰难。战争时期，他曾经在被俘虏后逃跑过。他当时被送去德国汉堡附近的一个地方做农活，之后他逃跑了。早晨的时候，一群孩子在森林里发现了他。也许他是睡着了，因为身体太虚弱；也许只是饿得失去了意识。模糊不清的沙沙声以及用德语低声交谈的声音使他醒了过来。他睁开眼，看到了一群手拿棍子的小孩。他朝他们微笑，然后站起来，头也不回地沿着森林小路走。而那群孩子却大声喊叫起来，一拥而上地跟着他，一边往前跑一边在他身后推搡他。这时他开始迈开大步跑了起来，而那群孩子吹着口哨，欢呼雀跃，得意扬扬地挥舞着棍子。他们就这样追赶着他，直到他摔倒在地。

"你看，你并不知道被当作兔子一样追赶是什么滋味。结果呢，既然你逃跑了，就说明你有罪。现在我是这方面的专家了。就算对方有很多人，就算他们打你，你也必须要反击，不可以逃跑。可那时我并不明

白这一点儿，于是我跑了。

"而他们追赶着我，嘴里喊着：'丑——八——怪！'

"过路的人都看着我，因为每个人都想看看丑八怪长什么样儿。这时候我就会不由自主地停下来，慢慢地走，假装逃跑的人不是我，而他们的叫喊声也不是冲我来的。

"有一次，他们追赶着我，瓦利卡抓住了我的手。但是我挣脱出来，跑进了我们家所在的这条路。那群人紧紧地跟着我！

"这时候我看到了季玛，他正跟在我们后面，拼尽全力地奔跑，急着救我。毕竟他那时候还觉得自己是个勇敢的人。

"我冲进栅栏门里，最后看到的是那群人围住了季玛，而最后听到的，是他们胜利的笑声。

"当时你没在家，我还觉得挺高兴的。要不然，我就得把所有的事情告诉你了。

"我紧紧地贴在栅栏的缝隙上。我想，季玛在那里做什么呢？为什么他没有追上我？然后我看到同学们沿着上坡路离开了，季玛走在他们中间，嘴里说着什么，挥舞着手臂像是在证实某件事情……真棒啊，他终于下定决心了。我立刻变得高兴起来，心想，他们这样迫害我，现在应该会觉得很羞愧吧——居然像追兔子一样，追赶一个大活人！

"一开始，我在门边等着季玛。等啊等，两只眼睛都望穿了。等天变黑了的时候，我又走进屋里等啊等……然后我没有忍住，再也没有力气等待了。爷爷，你知道吗，我就给季玛打了电话。来接电话的人是斯

维特卡。

　　"她先是说：'季玛不在家。'然后像竹筒倒豆子似的说：'新郎新娘，抱住不放！'

　　"我笑了起来。

　　"'我做了个发型。'我对她说，'克拉娃阿姨说我现在是个美女啦。'我挂上电话就开始玩闹，在房间里跳啊跳，一边喊着'新郎新娘，抱住不放'，一边跳舞。

　　"这时候有人敲窗户。

　　"'季玛！'我大叫一声，冲过去打开窗户。

　　"一个巨大的熊头伸进了窗户。它简直是真正的熊啊！还发出'吼哦'的咆哮声。

"我当然被吓到了，不管是谁，看到这个熊头都会被吓到的。我从窗户边跳开，关上灯，这样街上的人就不会看到我。正当我紧紧地贴住墙壁发抖的时候，门'砰'的响了一声，你进来了。"莲卡说，"我大声喊道：'谁在哪儿？'你还记得吗？"

尼古拉·尼古拉耶维奇点点头，表示自己还记得。他很清楚地记得，正是那一天，他偶然坐车去了维尔图什诺村，到科尔金娜奶奶那里去了一趟。而科尔金娜奶奶把《玛莎》这幅画送给了他。

这件事，是他做梦都没有想到的。他从前只是时不时地坐车去维尔图什诺村，到科尔金娜奶奶那里欣赏画作。

那是一张小尺幅的油画，以不可思议的坦率画就。画中女孩的生命在摇撼，而且不知为何，人们总会替她感到恐慌，因为她孤身一人暴露在整个世界面前。那时他想："也许这是因为她在生病之后剃掉了头发？"

几年前尼古拉·尼古拉耶维奇回到老家，不久就幸运地找到了这幅画，但他从来没有动过把它买回来的念头。这个老太太活得安静而孤独，只有少数几件用习惯了的爱物，将她与生命串联起来。

科尔金娜奶奶很少离开自己的村庄，尽管尼古拉·尼古拉耶维奇常常邀请她去自己家做客。但是有一天，她没打招呼就来到了尼古拉·尼古拉耶维奇家，说自己去了区诊所看病。不过她并不相信那些医生，也不太敢吃药。

尼古拉·尼古拉耶维奇高兴地迎接了这位客人。她庄重地啜了很久的茶，然后顺便到各个房间里走了走，迅速地来回扫视着墙壁……过了很长时间之后，突然发生了不可思议的事情。科尔金娜奶奶托熟人给尼古拉·尼古拉耶维奇带话，让他到她家去一趟。

尼古拉·尼古拉耶维奇立刻动身上路，发现面容憔悴的老人躺在床上，但房子却被擦洗打扫得干干净净的，像是要迎接盛大的节日。

"亲爱的，"科尔金娜奶奶用温柔悦耳却虚弱不堪的嗓音说道，"这幅画的归宿应当是你的家。我要把它送给你。"

尼古拉·尼古拉耶维奇连声拒绝，不知道要怎么办才好。最后他提议说给钱。

"你别给钱。"科尔金娜奶奶打断了他的话，"你别伤一个老太太的心。送画的事情，我早就决定好了。要是我哪天想看画了，我就亲自到你家去。"

尼古拉·尼古拉耶维奇回想起十年前，他第一次去科尔金娜家的情景。他的到来让她感到十分欢喜，说："等我死了，我就把这个'小姑娘'给你。"

得到《玛莎》的那天，他幸福得像个小孩，拼尽全力赶路回家。他忍不住地想要赶紧回到家，把画挂到墙上。

他紧紧地搂住那幅被绣着十字架的旧亚麻布包裹着的画，坐在从村里开出的公交车里。一种莫名的恐惧萦绕着他，就连他自己都觉得这种恐惧有些愚蠢：他总觉得这幅画消失了，《玛莎》消失了，他怀里抱着的只是一张空荡荡的画布。

尼古拉·尼古拉耶维奇开始自嘲，觉得自己大概是疯掉了。尽管如

171

此，他刚下车就立马往旁边走了走，迅速解开包裹，这才放下心来……

他匆匆忙忙赶回家，几乎不看路，总是走进小水坑里，或者偶然撞到过路的人。当他冲进家门，把《玛莎》当作珍宝带进来的时候，莲卡的一声尖叫把他拉回了现实："谁在那儿？"

尼古拉·尼古拉耶维奇快乐地说："你看我带来了什么！"

莲卡在某个黑黢黢的角落里回答道："小点声！"

"你为什么坐在这里不开灯？"尼古拉·尼古拉耶维奇问道。他又担心又激动，都找不到电灯开关了。

他在黑暗中碰翻了一把椅子，咒骂了一句，最后终于打开灯，看到了恐慌的莲卡。

他真是迟钝到让人震惊：眼前的这个孩子与他朝夕相处，更何况还是他最亲近的小孙女、自己的亲骨血。这像什么样子？

"窗户外面……有只熊。"她说。

"熊？……是白色的，还是灰褐色的？"他开心地问。

"我告诉你，那里有个人……"莲卡低声说，"他在脑袋上戴了个熊面具，想要钻进我们的窗户。"

听了她的话，尼古拉·尼古拉耶维奇还是走到窗边，打开窗户向外看了看，好让她放心。他说："一个人也没有。在黑暗里，你出现什么幻觉都是有可能的，而你这个小傻瓜却被吓到了。你还是一个经历过整个战争的少校的孙女呢。

"你不也是害怕别人家的狗吗？"莲卡为自己辩解道。

"有谁不怕别人家的狗呢？"他愉快地答道，"但是我不怕秃头怪和大狗熊。"

他把包裹布打开，取出那幅画，然后就再也听不到她说的话了。尼古拉·尼古拉耶维奇在想，他一定会让莲卡大受震动。

"你看看，你看看啊，叶莲娜！……"

他最大的梦想，就是希望莲卡可以像他那样爱上这个房子，爱上这些画。他就是为了这些东西，才留在了这里。

"你看看，看看。"尼古拉·尼古拉耶维奇反复地说，"我们撞大运了……科尔金娜老太太把这幅画给我了，更确切地说，她是把这幅画送给我们了。我本想付给她钱的，但她说什么都不收，就这么送给我了！科尔金娜老太太真是一个可亲可叹的好人啊！……我们周围有多么少见的好人啊，叶莲娜！……值得好好想一想，是不是？……"

他把画放在莲卡面前，兴奋地观察着她脸上的表情。

最终他没有忍住："你醒醒！……你觉得这幅画怎么样？……是不是很美？"

"就是一个和我长得差不多的小姑娘。"莲卡回答说。

尼古拉·尼古拉耶维奇起初并没有明白她的意思。他看了看画，又看了看莲卡……然后发现她和往常不太一样，看起来很陌生。最后他终于顿悟了：莲卡没有扎辫子。

"你的辫子去哪了？"他问道。

"我做了发型……我只在假期里这样。"莲卡结结巴巴地解释说。

尼古拉·尼古拉耶维奇高兴至极，他发现不扎辫子的莲卡更像画上的那个小姑娘了。

"叶莲娜！"他朝她大叫一声，吓得她抖了一下，"你简直是她的翻版……最最真实的翻版……一样的瞳色……一样的嘴唇……"

"嘴巴咧到耳朵边，不如给它缝上线。"莲卡忧郁地说道，"也许她也被这样嘲笑过……那样的话，我就不是第一个被笑话的人了。"

"没错，"尼古拉·尼古拉耶维奇很开心，"你笑一笑，笑一笑！……你笑得太好看了！"

莲卡害羞地笑了起来，嘴角习惯性地咧到了耳朵边。

尼古拉·尼古拉耶维奇抓住油画，把它翻了过来，看到油画的背面有用黑颜料写成的题字"1870年"，字迹很是奔放潇洒。

"我怎么没有立刻想到呢，我真是个老傻瓜！我看了这幅画那么

多年，也没有想到。我父亲给我讲过这段往事……"他指了指画上的"玛莎"说，"她把这幅画送给了自己最心爱的女学生。当这个学生因为加入民意党^①被宪兵逮捕的时候，这幅画丢了……这是他最后一幅作品。"

尼古拉·尼古拉耶维奇沉默了一会儿，还没有彻底相信这个奇迹。之后他惊慌而庄严地说："叶莲娜，我要疯了……也许……不仅如此，我对此非常确信……这个小姑娘，是我爷爷的妹妹，也就是我的姑祖母玛莎……玛莎……亲爱的玛莎……玛丽亚·尼古拉耶夫娜·别索利采娃。她是个很有名的女人，无私助人，有颗圣洁的心灵。"

"她的未婚夫在俄土战争中战死了，就死在普利佛那附近。他死后，她不愿意再嫁人，那时她才十八岁。她一个人活了一辈子，但她活得多伟大啊！

"她在小城里创办了一座女子中学，教出的第一批毕业生全都去了附近的村子里做了老师。据说这些学生模仿了玛莎的方方面面：像她那样穿衣，那样说话，那样生活。那是一群多么好的人啊！多么特别的人

---

① 民意党是俄国民粹派的秘密组织，主要目标是推翻沙皇专制制度。

啊！她们做这一切不是为了名誉，而是为了人民的利益。

　　"在第一次世界大战的时候，我们这里爆发了一场流行性伤寒。我的父亲，也就是她的侄子，也染上了伤寒。他被送进了伤寒隔离病房。

　　"有一天夜里他回到了家。玛莎打开门，看到他只穿着内衣，光着脚站在她面前。那时候正好是冬天，而我的父亲已经病得有些神志不清了，他下意识地找到了自己的家。玛丽亚·尼古拉耶夫娜就用肩膀撑住他，把他送回伤寒隔离病房。病房在城外，因此她拖着他，在深深的雪地里走了五公里。到那以后她就留下来了，以便照顾侄子。

　　"之后她又开始照顾别人，伺候病得最重的人。很多人都欠她一条命。

　　"我很清楚地记得她。她曾经就住在你的房间……她去世的时候，全城的人都来参加了她的葬礼。"

　　尼古拉·尼古拉耶维奇搓着手在房间里奔走。他快要喘不过气了，却丝毫不在意。他用手捂住自己心脏的位置，不明白这颗心为什么会痛。

　　"我的天哪！"他继续欣喜若狂地大喊，"你长得和她太像了，你来得又是多么及时……而我又是那么及时地出现在了维尔图什诺村，到了科尔金娜老太太的家里！……现在我们的事情真的快要完成了，我和你几乎收集完了他的所有画作，可以去炫耀一番了。我们可以办个宴会，邀请那些好奇的博物馆工作人员来参加我们的宝藏展示会。他们会欣喜若狂，然后说：'您发现了一位鲜为人知的画家。'而我们两个呢，就在漫长的冬夜里，坐在家中制定计划。"

"什么计划？"莲卡问道。

"最五花八门的计划。"尼古拉·尼古拉耶维奇笑了笑，没有注意到莲卡悲伤的情绪。她的悲哀与他的快乐完全不相容。他微笑着说："我们还有很多事情要商量。"

就在这时，窗户上又出现了一个咆哮着的熊头。

"熊！"莲卡尖叫着跳上了椅子。

在这个夜里，尼古拉·尼古拉耶维奇手脚麻利，运气也很好。他站在窗边，看准时机抓住了熊面具，于是这张面具留在了他的手里……他清楚地记得，下一刻他就变得窘迫起来，因为在他面前，原本是熊头所在的位置出现了一张吓到扭曲的脸。一张可憎又卑微的，季玛的脸。

他记得，他那时候还在想季玛这是怎么了，然后把目光转向莲卡，想问她这一切是什么意思。可是看到莲卡以后，他变得更惊讶了——她就那样半死不活地站在他面前……

"这就是你那只熊，"尼古拉·尼古拉耶维奇说，"我用一只手就拧下了它的脑袋。"他随意地把熊面具扔在了沙发上。

尼古拉·尼古拉耶维奇漫不经心地说出了这些话，尽管在这时候，他头一次觉得有些事情不太对劲，也许这个戴熊面具吓人的玩笑有些太残酷了。他察觉到这件事闹得有点大，于是尽量转移莲卡的注意力，逗她开心。但随后《玛莎》又吸引了他全部的注意力，让他忘记了一切。

莲卡丝毫没有注意到他，她已经回过神来了。她朝窗外喊着季玛的

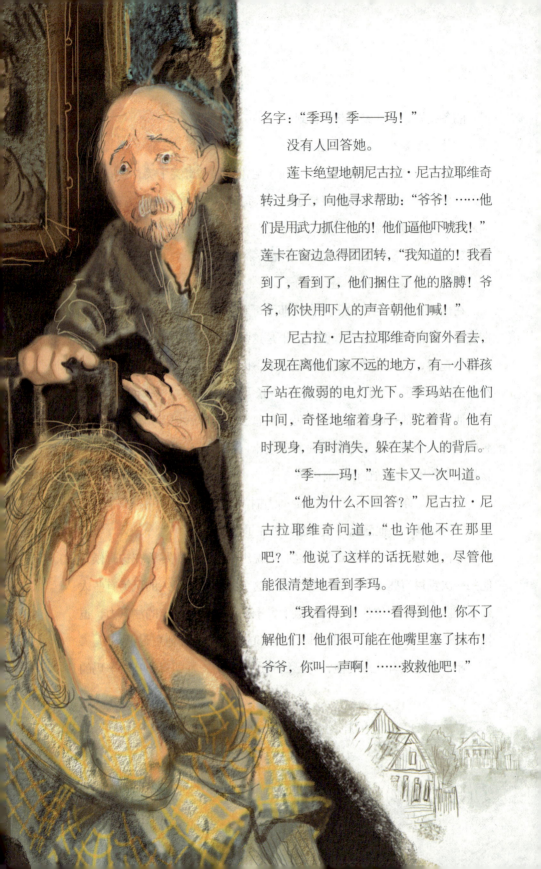

名字："季玛！季——玛！"

没有人回答她。

莲卡绝望地朝尼古拉·尼古拉耶维奇转过身子，向他寻求帮助："爷爷！……他们是用武力抓住他的！他们逼他吓唬我！"莲卡在窗边急得团团转，"我知道的！我看到了，看到了，他们捆住了他的胳膊！爷爷，你快用吓人的声音朝他们喊！"

尼古拉·尼古拉耶维奇向窗外看去，发现在离他们家不远的地方，有一小群孩子站在微弱的电灯光下。季玛站在他们中间，奇怪地缩着身子，驼着背。他有时现身，有时消失，躲在某个人的背后。

"季——玛！"莲卡又一次叫道。

"他为什么不回答？"尼古拉·尼古拉耶维奇问道，"也许他不在那里吧？"他说了这样的话抚慰她，尽管他能很清楚地看到季玛。

"我看得到！……看得到他！你不了解他们！他们很可能在他嘴里塞了抹布！爷爷，你叫一声啊！……救救他吧！"

尼古拉·尼古拉耶维奇深吸一口气，然后憋足劲说："快点把季玛放开！"

回答他的是一阵哈哈大笑的声音。

这伙人吹起口哨，哈哈大笑着溜走了。

"丑八怪！"有人把手放在嘴边做成喇叭状，叫喊起来。

"补丁老头！"另一个人响应道，"他们两个是一路货色！"随后他们安静下来了。

莲卡抓起外套就往门口冲。尼古拉·尼古拉耶维奇试图阻止她，但是就凭她热情的性格，她对友情的极度忠诚，还有她对其他人的奉献精神，想阻止她是不可能的事情。……

"放开我！放开我！"莲卡在尼古拉·尼古拉耶维奇怀里挣扎，扭动全身，嘴里噼里啪啦地说着话，几乎喘不过气来了，"他在那里可能会憋死的……嘴里还塞着抹布呢！而你……不放开……我！"当然了，最后她挣脱出来跑掉了。

"莲卡！"他叫了一声，侧耳分辨她的回答。

他没有看到她，只听到黑暗中传来了她激动的声音："米罗诺娃！瓦利卡！"

"莲——卡！"尼古拉·尼古拉耶维奇又叫了她一声，已经不期望得到她的回答了。

没错，确实没有人回答他。

尼古拉·尼古拉耶维奇清楚地记得，他本想立刻跟上莲卡，但他的目光撞上了《玛莎》这幅画。他愣住了，待在那里一动也不动，画中天

空的色彩让他震惊：浅红配深蓝的色调阴郁而沉重，正是一副风暴来临前的景象，在门洞里就能看得到。而在这个危险诡谲的背景之上，玛莎轻盈单薄、又亮得耀眼的身形，几乎飞到了空中。

他一动不动地站着，仿佛失去了意识。

有个地方响起了玻璃碎掉的声音，它模糊地留存在了他的记忆里，但是也仅限于此了。

有个地方响起了某人的叫声："她在那！……抓住她！……"

这一切统统进入了他的耳朵，但他怎么也不会想到，正是莲卡打碎了某个人的窗玻璃，也正是她，被人们叫喊着追赶。

尼古拉·尼古拉耶维奇坐在桌边，拿出了自己珍藏的笔记本。他迫不及待地想要把自己的幸福和快乐记录在纸上。在那一刻，他只活在自己的世界里，尽管他现在回想起来觉得非常可怕，但事实就是如此！他把莲卡的问题和焦虑统统抛到了脑后。

他听到窗户后面有交谈的声音。

"她不在房间里，而他正在纸上胡乱写着什么。"第一个声音响了起来，"我们扔石头吧……那可够他们忙的！我们要以牙还牙！"

"假如那不是她干的呢？"响起了第二个声音。

"我看见了，就是她没错。她这是妒忌你，才会打碎你家的窗户呢。"有个小姑娘插嘴说。

但是尼古拉·尼古拉耶维奇连这个都不在意，甚至都没有动弹。好心情暂时把他和现实生活隔绝开来。

他翻看着笔记本。那上面记录着他所有的画：在哪买的，什么时候买的，什么时候画的，有的是准确的数字，有的是粗略的估计。对于这一点儿，他把自己的思考和猜测写成了长长的笔记：这幅画上画的是谁，这个人是怎么遇到画家的，为什么画家决定画这个人的肖像。结果就是，形形色色有趣的故事浮出了水面，而故事的主角各不相同。

尼古拉·尼古拉耶维奇刚刚写下了"1978年11月初收到此画"，这时莲卡进来了，身上的裙子和外套都沾满了泥巴。她闭上眼睛靠住了门框，然后顺着门框滑到在地板上。

尼古拉·尼古拉耶维奇冲到她身边，扶着她站起来，把她拽到沙发上安置好。这个老幻想家终于回到了现实，懊恼地把熊面具扔在椅子上。这时尼古拉·尼古拉耶维奇吓坏了：莲卡躺在他面前，苍白的脸上没有一丝血色。

"你怎么了？"尼古拉·尼古拉耶维奇跪在沙发旁边喊，"莲卡！……"

尼古拉·尼古拉耶维奇本以为她不会回答的，但她却悲伤又响亮地说道："爷爷，他骗了我！……"她已经上气不接下气了。

"骗了你？"尼古拉·尼古拉耶维奇又问了一遍。

"是的！……是的！……他骗了我。我透过窗户，看到米罗诺娃那伙人都在他家里。他们那些人全都在一起！……爷爷，你想想吧！……他们在那里看着电视机，喝着茶。"她说话的声音是如此惊恐，像是在说一些极其可怕的事情，"我以为他的手被拴起来了，嘴里还塞着抹布，而他们呢……却在喝茶……"

搬到这里以后过去了这么多年，尼古拉·尼古拉耶维奇第一次感觉自己犯了心脏病。尽管如此，他还是微笑着说："那又怎么样？我们也喝喝茶吧。"

"爷爷，喝什么茶啊！……我必须要告诉你我做了什么……你知道吗，我的整个脑袋都不清醒了，拿起一块石头就朝他们扔了过去。窗户被打碎了……"莲卡哭了起来。

"打碎了窗户啊……嗯，我确实听到了一些声音……你哭吧，哭吧，哭出来就轻松多了。"尼古拉·尼古拉耶维奇没法一下子搞明白现在要做什么，说什么，"我还是得烧水煮茶。"

他离开了房间，又很快回来了。

但是莲卡早已闭上眼睛，也许她是在装睡，也许是真的睡着了。

尼古拉·尼古拉耶维奇在房屋中央站了良久，捡起椅子上的熊面具，把它放在桌子上。他坐在空出来的椅子上，心里已经没有了任何快乐，只是在机械地把笔记写完："是维尔图什诺村的纳塔莉亚·费多罗芙娜·科尔金娜赠予的。尼古拉·别索利采夫画家在这幅画当中描绘了他的孙女玛莎，年龄约在十到十一岁之间。这是画家的最后一幅作品，是在他去世前不久完成的。"

第 十 一 章

"第二天过完节以后，我洗了自己的裙子。"莲卡接着讲自己的故事，"当我朝季玛的窗户扔石头的时候，我摔进水坑里，全身都弄脏了。我一边洗裙子，一边想着季玛。我突然明白了一件事情：我讨厌他！

"我的血液都涌上了头顶，冲进房间里，开始收拾自己的东西准备离开。'到时候他就知道我的厉害了！……他会给我写信，'我想，'而我不会给他回信！哪怕他一天写十封，写一百封都不行，我永远都不会回信的！'

"而我就在房间里转悠，抓起自己的东西就往书包里塞。突然我在窗户里看到季玛走进了我们的花园！

"我拿起裙子跑进花园里，假装是要去晾裙子。总之，我冲进花园，挂上裙子，你不知道我的心跳得有多快！

"季玛走过来停在我的身后。我假装自己没有听到他站在那里，也没有听到他在我背后的呼吸。最后我没有忍住，回头看了一眼。他站在我面前，低低地垂着头。他就那么站了一会儿，然后从牙缝里挤出一句话：'你知道我是什么人吗？'

"我用尽全身力气装出一副平静的样子，表现得独立自主，故意让自己浑身上下都流露出一种骄傲又高不可攀的气质！当他对我说'你知道我是什么人吗'的时候，我也只是微微一笑，控制住了自己。不过其实根本没有控制好。

"'我好像认出你来了……你好像是季玛·索莫夫吧？……'我说得很慢，一字一句都说得清清楚楚，这样他就不会发现我的嗓音在颤抖。然后我瞥了他一眼，发现他比我还紧张。

"'如果你知道我其实是个什么样的人，你就不会微笑，也不会开玩笑了……'他沉默了一会儿，然后又很小声、很小声地嗫嚅道，'因为我是个无耻的人！……是最无耻的懦夫！……'"

"爷爷！"莲卡抓住了尼古拉·尼古拉耶维奇的手，"他说这话的时候，整张脸都起了红晕，鲜红鲜红的！……就像有人给他涂了红颜料似的。他简直是在熊熊燃烧，眼睛滴溜溜地乱转，眼底跳动着可怕的火苗。我心想：'要拯救你才行啊，不然你会死掉的，这场可怕的大火会把你烧成灰烬。'

"'你是懦夫？'我对他说，'你根本不是懦夫！你曾经在瓦利卡手里救出过狗狗！……你甚至不害怕彼得！……你把所有真相都告诉了玛格丽塔！'

"而他却说：'不，不，不！玛格丽塔说的对，我就是个卑鄙又可耻的懦夫！你说我对玛格丽塔说了实话，是吗？……你知道这是为什么吗？是因为我想向自己证明我什么都不怕。但我很害怕，很害怕……我不怕跟人打架，但却没办法对大家说实话。我那时以为先告诉玛格丽塔，然后等看电影的时候再把一切告诉大家，这样就可以证明我不是个懦夫。可不知为何，我一看到他们，就突然害怕起来。我安慰自己说，等第二天早上到了学校，我再对着同学和玛格丽塔说出实话，不耍滑头，也不逃避。但是第二天早上，校长却下了命令，而我又一次吓破了胆。之后我等啊等，等到了玛格丽塔离开，又打算说……但是不行啊，我做不到。再然后，他们宣布跟你绝交，又把我吓到了。晚上我戴着那个熊面具……去找同学们，想要把一切都说出来……但我没做到，我是个无耻小人！'

"他抬起眼睛看着我。爷爷，他的眼睛里全是泪！

"'但是现在我会把一切都告诉他们的！'季玛说道，'你等着瞧吧！你相信我吗？'

"'我相信。'我回答说。

"'假如你相信的话，你就忍忍！'

"'我会忍的。'

"'我会把一切的一切都告诉他们，'季玛继续说道，'然后把你带到他们那里去。只要你想，我就带你去。你一旦下定决心，就立刻到我身边来，我等你。你会来找我吗？'

"我很开心地说：'我会去的，一定去。'我这个傻瓜变得心花怒放，喜笑颜开。

"季玛走到我身边……然后亲了我一下！你想象一下吧，他——

亲——了——我！"莲卡一字一顿地说，"你不觉得惊讶吗？"

"惊讶。"尼古拉·尼古拉耶维奇迅速地回答道，"我很惊讶。"

"我当时也很惊讶！他说他是个懦夫，却做出了如此勇敢的行为。你告诉我，在这之后，我应该再次相信他吗？"

"应该。"尼古拉·尼古拉耶维奇说道，"你相信了他，说明你是个很棒的孩子。既然相信了，就要相信到底。"

"当他亲我的时候，我先是笑了起来，然后呆住了。假如瓦利卡的声音没有响起来的话，我也许会呆呆地站到第二天清晨。

"'逮住你了，索莫夫！'瓦利卡大喊道，'终于到了这一天！你完了！……可以演奏葬礼进行曲了……当——当——当——当。'他大声号叫，然后哈哈大笑，尖叫着说，'我要告诉大家，说你来找别索利采娃了！'他这样叫着，从晾衣绳上扯下我的裙子。我向他扑过去，但他跑开了。他一边在头顶上挥舞我的裙子，一边说：'丑八怪，你好啊！拿熊面具来交换你的裙子吧。'

"'真是混蛋！'季玛叫了起来，冲向瓦利卡。

"瓦利卡扑到栅栏上，爬上去用脚踢了季玛一下，然后跳到了另一边。

"'把裙子给我！'季玛大叫道，'不然有你好果子吃！'

"'我才不管你呢！'瓦利卡在栅栏后面大喊，'现在吃不了兜着走的人是你。待会儿我就告诉大家，你是怎么在丑八怪周围转来转去的！……啊，原谅我吧，对不起啊，接受我的小亲亲吧！'他又哈哈大笑起来，悄悄溜掉了。

"'你别担心，'季玛对我说道，他的样子就像疟疾发作了似的，'我会把裙子抢回来的！很快！……就今天！……就现在！……然后把一切都告诉他们！所有的一切！告诉所有人！……'

"他迈着箭步冲了出去。

"'等等！'我大喊道。

"季玛站住了，我跑去给他拿了那只熊面具。

"'你拿它去换！我和你一起去！'我说。

"'不，我自己去。'他突然彻底平静下来，脸又变成了我从前早已熟悉的样子，'你在那里会害怕的……你爷爷可真厉害，一下子就把这个熊面具从我头上扯下来了……'他接过我手里的面具。

"'是啊，他很灵活。'我说。

"我似乎觉得，我跟他从来没有分开过，没有人在大街上追过我，也没有人对我喊'丑八怪是混蛋'，更没有人戴着熊面具吓唬我。

"'你的爷爷……'季玛问道，'他知道这件事吗？'

"'瞧你说的！这是我们的秘密啊。'我说。

"我觉得他对我的回答很满意。我们沉默了一会儿。

"'你等着我吧，'季玛终于下定决心，挥了挥手里的熊面具向我作别，样子非常滑稽。然后他就离开了。

"他迈着轻松的步伐走向栅栏门，只有心情舒畅的人才能迈出这么轻松的步子。他就像没有受到任何折磨，也没有任何烦恼似的。

"一阵恐惧袭击了我。我想，我真不该放季玛一个人离开。他们会狠狠地打季玛，要不就是一顿痛骂。于是我追了出去。

　　"我没有追上季玛。他就在我眼前钻进了一个棚子，米罗诺娃那伙人就聚在那里。我在破烂不堪的墙壁上找到了一个洞，贴上去瞧。我想，我不在场的时候，季玛会更容易说出实话，而如果有必要的话，我就在旁边，可以立刻飞奔进去支援他。

　　"他们全都聚在那里，冲着红毛哈哈大笑，笑得前仰后合的。只有米罗诺娃摆出一脸无所谓的样子站在旁边，在想自己的事情。

　　"他们为什么要笑呢？……这是因为红毛穿着我的裙子——就是被瓦利卡扯走的那条——在逗大家开心。他们所有人都乐呵呵的。

　　"我也嘿嘿笑了起来，男生穿上女生的裙子，无论什么时候都很搞笑。

　　"这时我听到了他们的叫声：'红毛，你可真是个演员！'

　　"'没错，就是丑八怪的样子！'

　　"'她是我们的美人啊！'

"'嘴巴咧到耳朵边，不如给它缝上线！'

　　"在这之后我明白了，红毛这是在扮演我。他的一只脚绊住另一只脚，'扑哧'一下摔倒在地，转着脑袋，伸直脖子发出微笑，把嘴唇咧到耳朵边。"

　　"他演得特别像。"莲卡忧郁地说，"这是真的，他是一个真正的演员。"

　　"那季玛是怎么做的呢？"尼古拉·尼古拉耶维奇小心地问道。

　　他已经很久没有打断过莲卡的话，因为他已经很清楚季玛是什么样的人，莲卡又是什么样的人。他知道什么是可以指望的，而什么是完全没法指望的，也预见了季玛卑鄙又渺小的人生。

　　"季玛？季玛什么都没做。"莲卡回答道，"他走进棚子里就站住了。也许这是他最后一次觉得自己很勇敢，而且什么也不怕。"

　　"我已经隐约知道事情会如何发展了。"尼古拉·尼古拉耶维奇悲哀地摇着头，说出了自己的看法。

189

"你别再打断我了。"莲卡请求道，她的眼睛眯了起来，仿佛是在端详什么东西似的，"不然我会很难受的……很快就要讲完了……你忍一忍，听我讲。"

"季玛走上前去。

"'你拿着，'他那紧张到不停变调的声音传到了我的耳边。他把熊面具扔给瓦利卡，说：'红毛，你把裙子脱下来。'

"季玛开始动手扯红毛身上的裙子。而红毛把他推开，大叫一声：'哎呀，你别碰我！我怕被挠痒痒！'

"大家又开始哈哈大笑，因为红毛惟妙惟肖地模仿了我的声音。

"铁钉保持那个姿势没动，头也不回地对季玛说：'索莫夫，你干吗缠着红毛不放啊，你不如说说你刚才去哪了。'

"季玛假装没听见这个问题，假装自己满心只想着夺回我的裙子。为此他紧紧地抓住那条裙子，就像落水的人抓住了一根救命稻草：'别闹了，你会把人家的裙子扯坏的！'他一边说，一边用力把红毛拽到自己身边。

"'红毛，他在欺负你！给他点厉害瞧瞧！'瓦利卡装腔作势地说，'给他来一脚。'

"红毛听话地踢了季玛一下。而蓬头从他背后冲过来，和红毛一起扭住了季玛的手臂。

"瓦利卡高兴地大叫起来：'小索莫夫，落到我们手里了吧！……哎哟，真是太好了！你为什么不回答米罗诺娃，告诉她你刚刚去了哪儿？

啊？铁钉，他还没回答你呢！他这是不想回答。小索莫夫，你说啊，说啊，你刚刚去了哪里，你又在那儿做了什么？'他哈哈笑着，声音很响亮，'同学们，我这里有个头号新闻！小索莫夫去了丑八怪家！'他长声尖叫，用一条腿转着圈儿，兴奋得喘不过气，'你们知道他们做了什么吗？他——们——亲——嘴——了！'

"'亲嘴？'施玛科娃很感兴趣，'跟别索利采娃亲？你别编了！……'

"'他就这样朝丑八怪俯下身子，'瓦利卡继续说，'然后亲了……她的嘴唇。'他飞快地跑到季玛身边，说道，'你这不是墙头草，两边倒吗？'

"季玛大喊一声'闭嘴'，试图从蓬头手里挣脱出来。

"无耻的瓦利卡看准机会打了季玛一下，他知道季玛没法还手。他一边喊着'叛徒！'一边又给了季玛一拳，冲着他哈哈大笑，一字一顿地说：'叛——徒！'

"'我是叛徒？'季玛生气地说，'你这个混蛋，可悲的剥皮匠！同学们，你们知道瓦利卡在做什么吗？'

"'闭上你的嘴吧，谎话大王！'瓦利卡打断了他的话，又动手打了他一拳。当敌人的双手都被抓住的时候，打起架来可再方便不过了。

"这时季玛像野兽发狂一般，从蓬头和红毛手里挣脱出来，狠狠地打飞了瓦利卡。瓦利卡飞过整个棚子，摔倒在铁钉脚下。铁钉还是一副不动声色的样子。

"瓦利卡吓得不轻，但他看见季玛并没有朝他冲过来，就用外套的

衣袖，随机应变地擦了擦米罗诺娃的鞋子，忠诚地看着她的眼睛说道：
'索莫夫，你小心点吧。我们这边有很多人，而你那边只有你一个。没错吧，同学们？你知道我们要把你做成什么吗？做成肉饼！'

"'没错，做成肉饼！'蓬头说着就向季玛迈了一步。

"'当然要做成肉饼！'红毛也附和道。

"一开始是他们三个人朝季玛进攻，后来波波夫也加了进来。是施玛科娃命令他加入的。

"你想象一下吧，四个人打一个！

"我使劲向他冲过去，想要帮他。我到这里来就是为了给他支援，事实证明我没白来。

"季玛抓起一根结实的棍子，挥舞着它大喊道：'来啊，你们靠近点啊！……来啊！试试啊！……'

"我高兴得跳了起来，以为季玛暂时不需要我的帮助。看他把这群人治得多服帖啊！爷爷，你知道我有多开心吗？季玛又变得像从前一样了。你该看看那群人的脸！

"他把棍子举过头顶，大声喊着：'走近点啊！'但他们却害怕了，一动也不敢动！而他手拿棍子站在那里，就像拿着一把利剑似的。'"

莲卡大声地笑了起来，她的脸突然焕发出光彩，眼睛熠熠闪光。尼古拉·尼古拉耶维奇看着莲卡，微笑了起来。她是多么美好啊，懂得如何用力地去爱，会在堕落的人身上发现他那一瞬间的伟大。

"季玛开始朝他们逼近，"莲卡继续讲道，"他一直在逼近……而他们一直在后退……最后季玛站在了铁钉面前！铁钉堵住了他的去路。

"'把棍子交出来！'米罗诺娃说。

"'真是一群英雄！'季玛鄙视地说，'躲在一个小姑娘的背后！'他把棍子扔在米罗诺娃的脚下。

"瓦利卡为了以防万一，立刻冲过去捡起了这根棍子。

"这时候，米罗诺娃和季玛开始谈话。我永远也不会忘记这段对话，它决定了一切。其实倒也不算一切，只不过对我而言，它就是一切。你明白吗？

"'你在她那里做什么了？'米罗诺娃问道。

"'我想做什么，就做了什么。'季玛回答道。

"'你们看，他可真是够勇敢的啊！'瓦利卡插嘴道。他转着棍子，在季玛身后走来走去。

"'你可怜她？'米罗诺娃继续审问他。

"'就当我是可怜她吧。'

"而米罗诺娃对他说：'唉，你真是个没骨气的人！'

"她很残酷，口气生硬地说出这句话，随后便厌恶地背过身去。

"这时季玛终于鼓起了勇气：'如果说这件事不是她做的呢？'

"米罗诺娃用话语击得他溃不成军：'你可真是个软骨头！'然后她短暂地笑了一声，就像甩了一下鞭子似的。

"季玛脱口而出：'如果说这件事是我做的呢？'他挑衅地微笑，一边笑一边环顾着所有人。

"'你？'这么长时间以来，铁钉第一次明显地感到震惊，仔细地打量着季玛，'这就有意思了！'

"他们立刻扑向季玛，围住他，在他四周跳来跳去，手舞足蹈。

"瓦利卡兴奋地叫了起来：'万一真的是他呢！'

"而施玛科娃说：'怎么了，完全有可能啊！'

"波波夫说：'当然是他了！'

"蓬头说：'那我们就只能替你感到可惜了。'

"红毛说：'那外科主任医师①索莫夫同志就要有好消息听喽！'

"'别索利采娃那个小傻瓜，掩护了他！'铁钉猜中了。

"之后四下里寂静无声，所有人都默默地看着季玛。

"他勉强地笑了一下，那脸色把我吓坏了，也许他自己都不知道他下一刻会做出什么事情。他的脸色像在教室里的时候一样，吓得连瞳色都发白。

"'开个玩笑都不行。'他慌乱不堪，勉强微笑着说，'你们连玩笑都听不懂。'

_____

① 外科主任医师，指的是季玛的父亲。

"米罗诺娃确实听不懂这样的玩笑。她说：'你看着我的眼睛，看着我的眼睛！'

　　"季玛推开了她。他并不想看她的眼睛。

　　"'走开！……我说过了，这就是在开玩笑。'他不自然地笑了，'是——玩——笑！'之后他突然开心地冲所有人眨了眨眼。

　　"当他冲大家眨眼的时候，我就像是遇到了晴天霹雳一般，眼前的一切都在浮动，头也晕得不行。

　　"而铁钉还在那里大叫：'你看着我的眼睛！'

　　"蓬头用两只手掌夹住季玛的脑袋，不让他的头晃动，这样铁钉就可以看着他的眼睛。

　　"所有人都争先恐后地大喊，试图盖过别人的声音：'米罗诺娃，你数数他的脉搏！'

　　"'你露馅啦，小季玛！'施玛科娃说，'看你现在还怎么骗人！'

　　"突然大家同时朝季玛走了过去。

　　"我冲进棚子里，好让他看到我，这样他就不是一个人，也就不会害怕了。

　　"他们把他紧逼到墙边，我看不到他了，在大家吵吵嚷嚷的声音中，他结结巴巴的话语传到我的耳边：'你们都疯了！我是想……帮帮……别索利采娃……我可怜她。你们难道不是人吗？'

　　"我又咬又挠，好不容易才来到他身边。我想，既然他还可怜着我，就说明他还没有坏到底。

"我一边使劲推开他们，一边大喊：'放我过去！放我过去！'

"'你们看啊，是丑八怪！'不知为何，红毛说话的声音特别小，'她自己来的？'

"'是自己来的。'我说。

"'你不害怕吗？'蓬头问道。

"'我不怕，'我朝季玛转过身来，冲他微笑着说，'我没法再等你更久了，就来了。'

"季玛一声不吭。

"我想让他打起精神来，就一个劲儿地冲他微笑，直到他也松开了抿紧的嘴唇。他笑得很可怜，但无论如何也是笑了……

"瓦利卡哈哈大笑起来：'我觉得他们是在互诉……友情呢。'

"'瓦利卡，你等等，'铁钉说道，'别索利采娃，你为什么到我们这里来？'

"我没有回答她，不想亲口说出任何事情，只希望让季玛来说。但季玛依旧一声不吭。

"'我们来让他们对质吧。'机智的施玛科娃建议道，'这样很有趣啊。'

"'别索利采娃，'铁钉开始说话，'所以在你们两个人之间，到底谁才是叛徒？'她的目光在我和季玛之间来回游移，'是你，还是索莫夫？'

"我看着季玛说道：'当然是……我。'

"'同学们！'红毛开始大喊，'她是来请求原谅的！我猜到了！我真聪明……'

"'我们弄得她受不了了！'声音从四面八方传了过来，'她终于受不了了！'

"'我就是这么想的，'铁钉说道，'索莫夫可怜她。我说过了，他就是一个没骨气的人。'她向我转过身来，脸上燃烧着公正的怒火，'说啊，你为什么不说话？你跪下！……忏悔吧！……我们来听一听！也许你也会引起我们的怜悯之心，让我们也原谅你！'

"我等了等，等到她住嘴以后，就对红毛说：'你把裙子脱下来！'

"'好吧，'红毛急匆匆地说，边说边脱掉裙子递给我，'给……'

"我伸手想要接过它，红毛却把它扔过我的头顶，给了蓬头。我一头雾水地冲向蓬头，而蓬头拿裙子逗我，在我眼前晃了几晃，就扔给了瓦利卡……大家转着圈传这条裙子！

"瓦利卡扔给施玛科娃，施玛科娃扔给波波夫，波波夫又扔给另一个人……他们每个人都在耍我。

"再快点，再快一点儿！

"我的身上无比燥热，拼命地跑着，时而跳起，时而抓住他们的手，但那条裙子就是抢不到手。

"快一点儿，再快一点儿！

"他们的脸在我面前一张张地闪过，我就像转轮里的小松鼠，在他们围成的圈里不停地做着无用功。

"我本来该停下来走开的，不用在乎这条裙子，也不用理会他们所有人。但我这个大傻瓜却在他们之间乱窜，努力想要赢过他们。这不是为了我自己，而是为了季玛。

　　"突然有人把裙子扔给季玛，而季玛抓住了。我感觉到，所有人都安静了下来，周围的气氛也变得十分紧张。

　　"米罗诺娃说：'你们来对质吧，我们终于要知道所有的真相了！'

　　"我向季玛走过去，伸出手去接裙子，朝他微笑着说：'我们走吧？……你下次再对他们说吧。'

　　"他既没有动弹，也没有把裙子交给我，只用微笑来回应。我又向他微微一笑，手一直保持着伸出去的姿势……我们就那样站着，冲对方傻笑。

　　"突然……他把裙子扔过了我的头顶！

　　"我完全迷茫了，根本不明白发生了什么，张开嘴露出愚蠢的微笑，眼看着我的裙子按照预定的飞行轨道，准确地落在铁钉的手里。

　　"'乌拉！'他们开始大叫起来。

　　"'索莫夫，你很棒嘛。'铁钉夸奖了他。

　　"这时候我打了季玛的脸！爷爷啊！……我用这只手扇了季玛一巴掌！"莲卡向尼古拉·尼古拉耶维奇伸出手来，"我打他的时候，感到他的脸是那么的柔软和温暖……我到现在还记得这张脸在我手底下的触感，就像是握住了一只脆弱的鸟儿。"

　　莲卡忧愁无言地看着自己的手，看不见的冲击让她的身体开始颤抖，在她内心深处造成深切的剧痛。

一阵愧疚涌上了尼古拉·尼古拉耶维奇的心头。毕竟他也打了人，而且打的还是莲卡！所有人都知道她是不会把画卖掉的，但他还是失控了！

"叶莲娜，你原谅我吧……"尼古拉·尼古拉耶维奇碰了碰她的小脸，"我从来没有打过人。我把你爸爸养大，连他的一根手指头都没有动过。"他用手指了指挂在墙上的画，说道，"全都是为了这些画。"他内疚地微笑起来，又说，"请你对堕落的人仁慈一些吧。"

"我早就原谅你了。"莲卡说。

尼古拉·尼古拉耶维奇伤心地意识到，就连像他这样，在年老时仍然保持理智的人，有时也会犯下无法挽回的错误。

……

"'把她放在火上烧！'红毛叫了起来。

"'抓住她！'铁钉下令，'把她拉进花园里来！'她挥舞着我的裙子说道，'你们在这里等着我们，我们很快就回来！'

"男孩们朝我冲了过来。

"'抓住她的脚！'瓦利卡喊道，'抓她的脚！……'

"他们放倒我，抓住我的双手和双脚。我用尽全身力气踢打着，挣扎着，但是他们制服了我，把我拉进了花园。

"铁钉和施玛科娃拖来了一个固定在长棍子上的稻草人。季玛跟着她们走出来，站在一旁。这只稻草人穿着我的裙子，眼睛和我的一模一样，嘴巴也同样咧到耳朵边。它的腿是用长袜做成的，里面塞满了稻草。它头上长的不是头发，而是一堆麻绳和羽毛。我的脖子上……我是说，那只稻草人的脖子上，晃荡着一块板子，板子上写着'丑八怪①是叛徒'。"

莲卡不作声了。不知为何，她整个人都变得暗淡无光。

尼古拉·尼古拉耶维奇明白，她的故事讲到了极限，她的力量也用到了极限。

"他们就在稻草人旁边玩闹。"莲卡说道，"他们一边跳，一边哈哈大笑：'哇，这是我们的美——人——啊！'

"'她也有今天！'

"'我想到了！我想到了！'施玛科娃开心地跳了起来，'让季玛来点火吧！'

"听到施玛科娃说了这些话，我一点儿也不害怕了。我想，如果季玛来点火，我也许会死掉的。

"这时瓦利卡把稻草人插进地里，在它周围撒上了枯枝。他向来处处争先，处处打头阵。

"'我没有火柴。'季玛轻轻地说。

"'但是我有！'蓬头把火柴塞到季玛手里，又把他推到稻草人旁边。

"季玛站在稻草人旁边，低低地垂着头。

————————

① 前文已经提到，在俄语里，"丑八怪"一词的本义是"稻草人"。因此这只稻草人就是代表莲卡的人偶。

"我直勾勾地僵在那里，做出了最后一次的等待！我以为他很快就会环顾四周，说出这样的话：'同学们，莲卡没有犯任何错……一切都是我做的！'

　　"'点火！'铁钉下了命令。

　　"我实在是忍不住了，大声喊道：'季玛！不要啊，季——玛！……'

　　"但他仍然站在稻草人旁边。我能看到他的背，他佝偻着腰，看上去特别渺小。也许这是因为稻草人被插在长棍子上的缘故吧，让他显得又矮小又虚弱。

　　"'索莫夫！'铁钉说道，'你倒是干到底啊！'

　　"季玛跪下来，低低地垂下头去，只有肩膀还耸在那里。根本看不到他的脑袋，这让他看起来像个无头纵火犯。他划了一下火柴，火苗很快蹿到了他的肩膀上方。之后他迅速站起身，匆匆忙忙地跑到了一边。

　　"他们把我拖到了紧挨着火堆的地方。我没有挣扎，就那样看着火焰。爷爷！我那时感觉这火抓住了我，我被它灼烧着，烘烤着，叮咬着，尽管扑面而来的，只不过是热浪而已。

　　"我开始尖叫，这叫声格外惨烈，他们惊慌失措地放开了我。

　　"他们一放开我，我就立刻冲向火堆，开始用脚踩灭火焰，用手抓住灼热的树枝，不想让这个稻草人烧掉。不知道为什么，我特别不想让这个稻草人烧掉！

　　"第一个醒悟过来的人是季玛。

"'你是不是疯了？'他抓住我的手，试图把我从火边拉开，'这只是开玩笑！你难道连玩笑都不懂吗？'

"我的力气变得很大，轻轻松松就战胜了他，重重地推了他一把。他像倒栽葱一样，四脚朝天飞了出去。我把稻草人从火堆里拔出来，在自己的头顶上挥舞。稻草人已经着了火，它身上的火星飞向四面八方。所有人都害怕地避开了这些火星。

"'要是你把我的外套烧着了，'施玛科娃尖叫起来，'你就得负责！'

"'她疯了！'红毛叫喊起来，迅速地逃到了离我很远的地方。

"而其他人喊道：'她活该！叛徒！……'

"'真是个疯子！'

"'兄弟们，我们回家！'

"他们四散跑开了。

"而我转得头晕目眩，不停地追赶着他们，直到摔倒。那被烧焦了的稻草人就躺在我身边，它在风中颤抖着，仿佛有了生命一般。

"我先是闭着眼睛躺在那里，后来闻到一股烧煳的味道，睁开眼发现稻草人的裙子在冒烟。我用手拍灭裙子下摆的余火，接着又倒在了草地上。

"铁钉的声音传了过来：'你为什么停住了？你又可怜她了？'

"我抬起头来，看到了米罗诺娃和季玛的身影。

"我记得，那一刻我觉得自己仿佛坐在了深深的井底，而米罗诺娃

就在我头顶上方说着话。她尖细的嗓音，重重地敲打在我的耳朵上：'反正你就是个意志薄弱的人。她可是个叛徒啊！得明白这一点儿才行。'

"我听到树枝断裂的声音，以及渐渐走远的脚步声，之后一切便重归寂静。

"我不知道这样躺了多久，也许是一个小时，也许是一分钟，只不过我总感觉有人在注视着我。我环顾四周，又看到了站在树丛里的季玛。他从藏身的灌木丛里走了出来，慢慢地向我靠近。"

"爷爷，你知道吗……"莲卡用忧郁的声音说道，"来到火堆旁的那个我，和此刻面对着季玛的那个我，已经完全不是同一个人了。那个时候我以为，我这辈子已经结束了。"

"那季玛是怎么做的？"尼古拉·尼古拉耶维奇低声说。他的声音小到几乎听不见。

"季玛？他向我解释了事情的来龙去脉，还描述了以后的情形。'我对他们说了，说那些事情都是我干的，但他们不信呐。你也听到了……'

"我觉得，我向他回答了什么，也可能什么都没回答。我不记得了。

"他说：'这下他们一定会相信我的。你等着瞧吧。在他们相信我之前，我是绝对不会退让的。'

"他还像从前那样，就像什么都没发生过似的站在我面前，整洁干净，脸被火映得通红。他一直在说什么信不信的话，还说大家会慢慢习惯并理解这件事。我一直在听他讲……然后开始微笑。现在我明白自己微笑的原因了：我在替他感到尴尬和羞耻。他发现我在微笑，变得更加大胆，解释的声音也愈发响亮起来。渐渐熄灭的火堆迸溅出火花，与他的声音一起飞向天空……这个火堆就是他刚刚亲手点燃的，为的是背叛我，侮辱我。

"'他们会低三下四地恳求你的原谅，'他说道，'我会逼他们这样做的！'

"我开始动手脱稻草人身上的裙子。这条裙子上的好几个地方都被烧穿了。我没有注意到裙子下面的稻草上还有余烬，只顾着扒拉裙子，烧到了手，不由得痛苦地叫了起来。我的样子大概很可怜吧，因为季玛壮起胆子，伸出手碰了碰我的脸，说：'你流血了。'

"我就像被蜇了一下似的，从他身边弹开了：'别！别碰我！……你敢！'"

"你做得对。"尼古拉·尼古拉耶维奇说，"如果我是你，我也不会再相信他了。"

"爷爷，我想过了，我有种感觉，假如他碰到我的话，那种触感会像被火烧过一样痛。我连一分钟都不想跟他一起待下去了，也不知道自己要去哪里，更不想看到任何人……我穿过灌木丛来到河边，找到一艘翻倒的旧船，钻到船底，在冰冷潮湿的沙地上坐了很久。"

"你哭了？"尼古拉·尼古拉耶维奇问。

"嗯。"莲卡回答道，"在潮湿的沙地上，落下的眼泪是看不到的。"

"而我那时候把所有地方都跑遍了。我想，小姑娘这是跑到哪里去

了啊？"

　　"我听到你叫我了，但是我没法走出去。也许，要不是那只小狗爬到了我的身边，我可能永远都不会出去。那只小狗特别可怜，比我还惨。它开始舔我的手指头，我知道它很饿，就钻出来带它回了家，喂它吃了东西。"

第十二章

"第二天早上我本来该去上学的，假期已经结束了。但我提前去了玛格丽塔的家，打听到她还没有回来，就没去上学。

"我在码头坐了整整一天，眼睛一直盯着流淌的河水，等候着玛格丽塔，眼睛都看累了。一辆火箭式小客艇开过来，然后又开来了第二辆，但还是不见玛格丽塔的踪影。

"然后我看到了她。她浅色的大衣敞开着，大衣下面是那件沾了蛋糕的连衣裙。我疯了一样地迎着她冲过去，高喊着'玛格丽塔·伊万诺夫娜！'追上了她，抓住了她的手。

"她回过头来……原来是我弄错了，她并不是玛格丽塔。

"然后我终于看到了真正的玛格丽塔。

"先是有个男人跳到岸上来，向某个人伸出了手……然后玛格丽塔出现了。她从轮渡上走了下来，像是王后走下了镀金的宝座。她是如此的美丽，在这一周的时间里，她变美了一百倍。

"我看着他们沿着台阶爬上了陡峭的河岸：玛格丽塔走在前面，她的丈夫提着箱子走在后面。我冲他们微笑着，远远地对玛格丽塔招手。

"他们离我已经很近了。我听到玛格丽塔问自己的丈夫，提这个箱子沉不沉。丈夫回答说不沉，但提着它也没什么意思，他更愿意把她抱在怀里。她笑了起来，我也笑了，又冲她挥手，但不知道为什么，他们还是从我身边走了过去。

　　"我惊呆了，因为我离他们一点儿都不远。后来我想，他俩互相对视着，根本看不到周围的情况，当然也就注意不到我了。我又赶到他们前边，慢慢地朝他们走过去……

　　"这时他们肩并肩走着，他抓住玛格丽塔的手，在她耳边低声说着什么。而她微微朝他倾过身去，仔细地听他讲话，继续微笑。当然了，他们又一次从我身边走了过去，没有注意到我的存在。

　　"我就这样把他们送回了家。

"第二天我还是去上学了。我故意在铃声响起以后，跟在玛格丽塔后面走进教室。

"我一出现在门口，大家的脸都齐刷刷地转向了我。他们就像一群上了发条的娃娃，有个看不见的人牵动着拴娃娃的线，让他们同时转头。我眼前闪过了季玛那怕得要死的脸，还有施玛科娃阴险的脸，铁钉冷酷的脸……我死死地盯住玛格丽塔说：'您好，玛格丽塔·伊万诺夫娜。'

"我等待着，等她问我关于绝交的事儿，同时，我浑身都颤抖着。只要她问，我就会这样回答：'您该问的不是我，而是他们……'这是我提前准备好的回答，然后就有好戏看了……

"可玛格丽塔对我说：'你好，你好啊，别索利采娃……你为什么下半学期刚开始就要迟到呢？这样可不好。进来吧。'说完，她就俯下身看着花名册。

"我走到讲台旁边站住了。我在等，等她看到我的那一刻。

"她终于抬起眼睛，看到我站在那里。她问：'你有什么想说的吗？'

"'玛格丽塔·伊万诺夫娜，我等您等得太久了。'我这样回答道。

"'我？'玛格丽塔很惊讶，'谢谢。但是……为什么这么突然呢？'她没等我回答，就站起来走到窗边，朝某个人挥了挥手。

"所有女孩立刻注意到她的举动，纷纷涌到了窗边。

"'是她丈夫，是她丈夫。'班里响起了这样的声音。

"'玛格丽塔·伊万诺夫娜，'施玛科娃像唱歌一样地说道，'坐在长椅上的人，是您的丈夫吗？'

"'是的。'玛格丽塔回答道,'是我的丈夫。'

"'真有意思。'施玛科娃又开始'唱歌'了,'您会把他介绍给我们认识吗?'

"'我会的。'玛格丽塔想控制住自己的笑容,但是她的嘴唇不听她的话,脸上不由自主地流露出了一个微笑。

"而我一直盯着她看……

"'现在我们来做正事。'玛格丽塔捕捉到了我的目光,'别索利采娃,你为什么一直盯着我?……我难道变样变得很厉害吗?……'

"'不,您没有变样……我只是很开心而已,因为您回来了。'我回答道。

"她没有说话,脸上显现出不耐烦的表情。她在想,这个小傻瓜为什么缠着她,非要跟她打招呼。

"而我还在自言自语:'您离开的时候,曾经对我们说过:"等我回来!我一定好好治治你们!"'最后那几个字,我几乎是喊出来的。

"'那时候我是生你们的气嘛。'玛格丽塔说道。

"我高兴地点着头,心想好戏就要开场了……

"'但是现在呢,'玛格丽塔快乐地挥着手说,'你们已经被惩罚得很惨了,俗话说"谁念旧恶,就挖谁的眼珠。"'她笑了起来,说道,'别索利采娃,坐回自己的位子上去吧,我们开始上课。'

"'我不坐!'我大声喊道。

"玛格丽塔抬起了眉毛。她这个动作的意思是:这耍的又是什么把戏?

"'我要离开了，永远离开。我只是来道别的。'

"我看着他们所有人……也就是说，他们还是打败了我。我想：'不管怎么样，我永远也不会亲口说出真相。'但这也让我很是忧伤。我如此渴望公平，但公平却根本不存在！为了不在他们面前号啕大哭，我从班里跑了出去。

"'别索利采娃，你等等！'玛格丽塔喊着我的名字。

"但是我没有等她。既然他们不想弄清楚所有的事情，既然季玛上百次地背叛了我，既然我已经决定离开……我干吗还要等她呢？……爷爷！你看啊，一切的一切，我全都忍受下来了！……"

"你很棒。"尼古拉·尼古拉耶维奇说。

"我忍受了火堆的炙烤。"莲卡继续说道，"我以为，只要我等到玛格丽塔回来，就能迎来公平。但是她回来了，却什么都不记得了。"

"她嫁了人，"尼古拉·尼古拉耶维奇说道，"她太幸福了，所以忘记了一切。"

"难道可以这样吗？"莲卡问道。

"真是一群可怜的人啊！"尼古拉·尼古拉耶维奇沉默下来，听着从索莫夫家传来的欢快乐曲，"可怜的人！叶莲娜，我实话告诉你吧，我很可怜他们。他们以后会哭的。"

"只不过哭的人不会是铁钉，也不会是铁钉的朋友们。"莲卡回答道。

"以后会号啕大哭的人，正是他们几个。"尼古拉·尼古拉耶维奇说，"而你很棒。我甚至没有想过，你会有这么棒。"

"我一点儿都不棒。"莲卡突然说，泪水从她的眼里流出来，"爷爷，你听我说！……我想坦白……"她压低了嗓门，"我也像季玛一样……是个叛徒！你不要笑。等一下你就会知道我是个什么样的人，真是好极了！……我背叛了你！"莲卡不知所措地看着尼古拉·尼古拉耶维奇，艰难地说了下去，"我曾经为你感到羞愧……因为你穿着……打着补丁的衣服……脚上是旧套鞋。我一开始没有发现这些，也没有在意，觉得爷爷就是这样的。后来季玛问我，为什么你爷爷穿得像个乞丐一样呢？他说大家都为了这个笑话你，给你取外号叫'补丁老头'。这时我仔细地看了看你，发现你确实浑身是补丁……大衣上有补丁，夹克上有，长裤上也有……你的靴子也是修了又修，补了又补，鞋跟上包着防磨损的铁皮。"

　　莲卡沉默了一会儿。

　　"你以为，当季玛对我说这些话的时候，我会挥舞着拳头冲向他吗？你以为，我会挺身而出保护你吗？你以为，我会向他解释说，你把所有的钱都拿去买画了吗？……不是这样的啊，爷爷！不是的……我没有冲过去！正相反，我开始为你感到羞愧。只要我在街上看到你，我就会'蹭'地一下钻进门洞里，偷偷地瞧着你，直到你消失在某个角落……而你有时候走得特别慢……每走一步，包着铁皮的鞋跟都会发出'啪'的一声……很明显，你那是在想心事，你的样子是那么的孤独，好像所有的人都抛弃了你似的。"

　　"这不是真的。"尼古拉·尼古拉耶维奇说道，"我的样子很庄严。当着人的面，我一直都把胸板挺得很直。"

"但我是悄悄地跟踪着你的啊，你那时并不知道需要把背挺直。"莲卡懊悔地说道，"这就像是在你背后捅了一刀，是不是？"

　　"你幻想得太厉害啦！"尼古拉·尼古拉耶维奇迅速地弯下腰，开始系靴子上的鞋带。

　　尼古拉·尼古拉耶维奇根本不明白，为什么自己的眼睛里充满了泪水。这是他最近十年来第一次哭。他躲闪着，不想让莲卡看到自己的眼泪。当他在前线失去战友的时候，他哭过；当他埋葬妻子的时候，他也哭过。但最近这十年，他再也没有流过泪。

　　"爷爷，你听我说！"莲卡惊恐地向前倾过身子，"也许你曾经发现过我在躲你？"

　　"我没有注意。"尼古拉·尼古拉耶维奇直起身子，坚定地回答

道，"我一次都没有发现过。"

"你发现过，发现过！……而我居然还以为自己很仁慈。既然我为你感到羞愧，我又怎么能算是一个仁慈的人呢？"她说这话的样子，就像是向自己揭开了一个可怕的真相，"这就是说，假如你真的是一个乞丐，一个穿着破衣服，饿着肚子的乞丐，那我就会从你身边跑开？"

这个简单又明显的想法，彻底让莲卡震惊了。

"我告诉你，我就是一个叛徒，叛——徒！……他们倒是追赶了我，惩罚了我，但那根本不够！……"

"我一点儿也不难过。或许难过，但也只有一丁点儿。"尼古拉·尼古拉耶维奇回答道，"我一直都知道，再过一段时间，你就会非常理解我的。至于你什么时候才会理解我，再过一年，或者十年，或是我死了以后……这并不重要。你不要为此而折磨自己。"

"我在前线有个战友。他是个老人了，但也没能立刻理解我。他到我这里来做客，然后开始大喊大叫，说我玷污了苏联红军军官的称号，穿得破破烂烂的，比嬉皮士还差劲。他说：'你怎么能邋遢到这种地步呢？你有一百八十卢布的退休金。人民供你吃，供你穿，而你却侮辱他们！你拿我做榜样。'他本人特别干净，穿的衣服就像新做的一样。他一直一直喋喋不休地数落我……

"这时正好有两个地方志博物馆的职员来找我，劝我把拉耶夫斯基将军的画像卖给她们，说：'我们会付您两千卢布。'

"出于好奇，我的战友问道：'是两千旧卢布吗？'

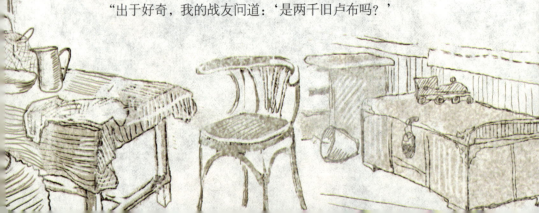

"'怎么会是旧卢布呢？'那两个来自地方志博物馆的姑娘说，'是两千新卢布①啊，换算成旧卢布的话，就是两万。'

　　"我的战友简直要从椅子上摔下来了，眼球瞪到了额头上。

　　"当然啦，我拒绝了她们，于是这些人离开了。我的战友责骂我，一直在算账，说我本来可以拿这些钱去疗养地，休养一下身体……

　　"我向他解释说，我没有权利卖画，因为这些画不仅属于我，还属于我们整个家族，属于我的儿子，属于你，也属于你未来的孩子们！……

　　"他又大喊大叫道：'你真把自己当成世袭贵族了！'

　　"'是世袭农奴。'我对他说，'画家别索利采夫是地主列昂季耶夫的农奴。而你却要我把他的画卖掉。'

　　"这时我的战友惭愧了，脸羞得通红，'砰'的一声关上门离开了。过了一个小时，他回来了，递给我一包东西，说道：'老伙计，你别生气，部队的战友可以帮助自己的朋友。'

　　"我打开这包东西，里面是一件新大衣。我试穿了这件衣服，连声夸赞，还向他道了谢。但他一走，我就去百货商店退掉了大衣，并且把退回的钱寄给了他。我以为他会为此大骂我一通的，但是他没有。他全都理解了，并且向我道了歉。"

　　"爷爷，你不要觉得我不爱你的画，"莲卡突然说道，"我是爱这些画的，并且舍不得离开它们。"

────────────

① 1961年1月1日苏联进行了战后第三次货币改革，发行新卢布，一个新卢布兑换十个旧卢布。

217

"那就是说，你和我一样。"尼古拉·尼古拉耶维奇心花怒放，"你一定会回到这里来的。"

"还有很多人喜欢你的画呢。"莲卡微笑着对尼古拉·尼古拉耶维奇说，"我说的是实话。"

"你说的是谁？"尼古拉·尼古拉耶维奇好奇地问。

"有一次瓦西里耶夫来了……他说：'你们这里就像一个博物馆似的。真可惜啊，没人能看到这些画。'"

"你是怎么回答的呢？"

"我说：'怎么会没人看到呢？很多人都看过这些画……以后还会有很多人看到的。'"

不知为何，莲卡的话让尼古拉·尼古拉耶维奇突然变得激动不安。他走近那幅画着拉耶夫斯基将军的画，看了很长时间，仿佛是第一次见到这幅画。"你回答得很正确。"他看起来像是要迈出非常勇敢的一步，"你甚至想象不到自己的回答有多正确！"

天色已经变黑了，房间里有些昏暗。但是莲卡和尼古拉·尼古拉耶维奇都没有开灯。

莲卡又在收拾行装了。她就像一个在房间里不断移动的光斑，把衣服叠好放进行李箱。对爷爷的绝望坦白，根本没有让她平静下来，正相反，她心里那种挥之不去的委屈感变得更厉害了。莲卡觉得，这种委屈不仅仅会持续一个月，一年，还会伴随她的一生，这样漫长而无穷无尽的一生。

赶快离开这里吧！离开这个地方，离开这些人。他们全都是狐狸和豺狼！

太难挨了，要怎么才能等到明天啊！

邻居家里仍然演奏着音乐。这些音乐催促着她，让她在屋子里跑来跑去地折腾。

之后季玛的客人来到了室外，莲卡听到了他们激动的声音。他们大喊大叫，非常高兴，因为季玛的爸爸要开着那辆崭新的"日古利"小轿车，带他们去轮流兜风。而季玛正指挥着大家，是谁先坐，谁后坐。

他们所有人快快乐乐地聚在一起，只有她一个人在这里，像一只被赶进鼠笼里的老鼠。他们是正确的一方，而她却是有罪的！

也许她应该走出去，把跟季玛做的事情都大声地喊出来。这样他就会被孤立，而她就可以跟大家在一起了？！

但这时她心中不由自主地出现了一股强烈的抵触情绪，阻止她去做出这些事情。这是什么情绪呢？是骄傲，还是对季玛的怨恨？……不是的，那是一种不可能、也不愿意摧毁另一个人的感觉，哪怕这个人犯了错。

她把一件又一件衣服扔进行李箱，因为对她来说，收拾行装已经成为一种救赎。

就在这个时候，房间的门槛上默默地出现了一个黑色的身影。有个

小男孩的声音传了过来："你们好！"

尼古拉·尼古拉耶维奇打开灯，发现瓦西里耶夫正站在他们面前。

"我说的就是他，"莲卡说，"说曹操曹操就到了。爷爷，他就是瓦西里耶夫。"

"你们好。"瓦西里耶夫又问候了一句，瞥了一眼行李箱，"您家的门是开着的……"

"进来吧，进来吧。"尼古拉·尼古拉耶维奇高兴地说，"我们刚刚还谈到了你。莲卡说你喜欢我们的画。"

尼古拉·尼古拉耶维奇急忙站起来，紧紧抓住瓦西里耶夫。他是自己来的，这说明他对莲卡很好，不是吗？

"我喜欢。"瓦西里耶夫闷闷不乐地回答道，又瞥了一眼行李箱。

"你最喜欢哪幅画呢？"尼古拉·尼古拉耶维奇不停地发问。

"这张。"瓦西里耶夫伸出手指着拉耶夫斯基的画像，想把尼古拉·尼古拉耶维奇敷衍过去。他机械地问道："画上这个人是谁？"但与此同时，他的眼睛一直看着莲卡，一刻都没离开过。

尼古拉·尼古拉耶维奇很高兴："怎么……他是1812年卫国战争的英雄，拉耶夫斯基将军。在离我们小城不远的地方曾经有一座庄园，这座庄园属于库图佐夫的女儿。拉耶夫斯基将军来到了那里，我的曾曾祖父就给他画了这幅画像。他是一个很有名的人物，参加过博罗季诺战役。十二月党人的起义被镇压之后，尼古拉一世沙皇传唤他前来接受审讯。沙皇想知道，为什么拉耶夫斯基将军没有出卖那些十二月党人，毕竟将军曾经对沙皇宣誓效忠，也知道那个秘密协会的隐情。"尼古拉·尼古拉耶维奇直起身子，庄严地说道："亚历山大·拉耶夫斯基将军是这样回答的：'陛下，人格比誓言更重要。人格被破坏了，人也就不复存在了，但如果只是违背了誓言，这个人也能将就着活下去。'

这些话让莲卡感到非常震惊。她没再继续收拾箱子，而是向尼古拉·尼古拉耶维奇问道："拉耶夫斯基将军是怎么说的？"

"总之他说的是，没有人格的人是活不下去的。"尼古拉·尼古拉耶维奇回答说。

瓦西里耶夫看着莲卡，突然问道："所以，你要离开了？这也就是说，你就是一个……叛徒？"他冷笑着说道，"那拉耶夫斯基将军讲的'人格'又算什么？"

"这不是真的！"尼古拉·尼古拉耶维奇生气了，"莲卡不是叛徒！"

"那她为什么要离开？"瓦西里耶夫毫不退让。

"这不关你的事！"莲卡回答道。

"你害怕了！"瓦西里耶夫残酷地说道，"你要逃跑！……"

"我害怕了？！"莲卡从房间里冲了出去。过了一会儿，远处传来了她的声音："我什么都不怕！……我要向所有人证明这一点儿！……爷爷，你别听他的话！我谁都不怕！我会证明的！向所有人证明！……"她又跑进房间里，身上穿着那件跟稻草人一起烧烂了的裙子。她轻轻地说："我要向所有人证明，我谁都不怕，尽管我是个丑八怪！"说完，她转身跑出了房子。

瓦西里耶夫跟着她冲了出去，但是尼古拉·尼古拉耶维奇拉住了他。

"我想追上她。"瓦西里耶夫说道，"也许她需要帮助吧？"

"现在已经不需要了。我觉得，现在她自己知道要怎么做。"尼古拉·尼古拉耶维奇勾勾手指把他叫过来，又小声地说了一句，"你本质上是个不错的小伙子……但是有一点儿……像个检察员。"

"所以她到底为什么要离开？"瓦西里耶夫又固执地问了一遍。

尼古拉·尼古拉耶维奇看着瓦西里耶夫，看着他那张瘦瘦的、孩子气的脸，还有那副只剩一个镜片的眼镜，抿得紧紧的嘴唇。他整个人都显出一副正义感十足又深信不疑的样子。不知为何，尼古拉·尼古拉耶

维奇突然发火了。

"去吧，瓦西里耶夫，你走吧。"他把瓦西里耶夫推向门口，"你让我感到有些厌倦了！"他关上门，然后又猛地打开门，在瓦西里耶夫的身后喊道，"你说的全都对！……这说明你是个幸福的人！……"说完他重重地关上门，"砰"的一声，整个房子都像钟一样开始轰鸣。

尼古拉·尼古拉耶维奇爬上阁楼，走到了阳台上。他在黑暗之中凝神眺望，希望可以看到莲卡。他看到她了。她敏捷的身影掩映在乌黑的树干之间，当她过马路的时候，空旷的地平线更加清楚地衬托出了她的身影。之后她就拐进角落里不见了。

"她跑去哪里了啊？"尼古拉·尼古拉耶维奇忐忑不安地想。当然了，他是不可能猜到的。为了让自己平静地等待莲卡，他开始像往常一样，思考起这座房子的历史，还有这座房子曾经承载过的人生。那些人已经不在了，但是这一刻，他们紧紧地围在他的四周。

这群人里有成年人，也有孩子。不知为何，不管他的兄弟姐妹是英年早逝，还是活到了耄耋之年，在尼古拉·尼古拉耶维奇的脑海中，他们总是显现出孩提时代的样子。

尼古拉·尼古拉耶维奇几乎能切切实实地感受到他们温暖的双手，还有温热的呼吸；能听到他们的叫声，笑声，吵架声，争论到嗓子变哑。他们像往常一样，又和他在一起了。

也许，正因为莲卡和玛莎一模一样，所以他才那么喜欢她。这是他曾经缺失的幸福之链，这根链条把房屋的整个历史串联到了一起。

224

莲卡啊！……她摸索着选择了人生之路，但这个选择做得多么正确啊！她的心在燃烧，脑袋里充满着复仇的欲望，但行为却无比高尚。

尼古拉·尼古拉耶维奇突然在自己渐渐变硬的肌肉中，感觉到了前所未有的力量。也许世界上发生了第一个奇迹：逝去的年华没有让他变老，而是让他变得更健壮了？他笑了起来。在他身上，既有对现实的清醒认知，又有幼稚的童年梦想——比如他梦想拥有永恒的生命——这两者的结合总是会让他发笑。

第 十 三 章

莲卡从房子里跑了出去，飞奔到了索莫夫的栅栏门前。之后她又转过身，沿着下坡路跑了起来，没有回头看自己的家。如果她回头，她就会看到瓦西里耶夫从他们的栅栏门口冲了出来，像是有谁把他撵出来的一样。之后她还会看到，尼古拉·尼古拉耶维奇的身影出现在一个阳台上。

但是莲卡一次都没有回头。她匆匆忙忙地赶着路，飞奔着……去理发店。

莲卡果断地做出了决定，她要向大家证明自己不害怕任何事，也不害怕任何人，甚至不怕做一个丑八怪。为此她跑进理发店，想要把自己的头发剃光，做一个真正的丑陋的怪物。

她冲进理发店，好不容易才喘过气来。

克拉娃阿姨正一个人坐在那里读书。她抬起疲惫的眼睛看了看莲卡，不友好地说了句："啊，是你啊！"说完就转过了身。

"克拉娃阿姨，您好。"莲卡说。

克拉娃阿姨什么都没回答，她看了看表，站了起来，开始把剪刀、梳子、电动理发器放进箱子。她显然是打算离开。

"你又想做发型了是吗？那就是说，你喜欢之前那个……不过这个发型是做不成了。"克拉娃阿姨有些挖苦地说道。

"您不想给我剪头发吗？"莲卡问。

"不想。"克拉娃阿姨一边回答，一边继续收拾理发工具，"我要下班了。"

"就因为我是个叛徒？"

"我没有选择顾客的权利。"克拉娃阿姨回答说，"不管我喜不喜欢这个顾客，我都有责任为他服务。"她突然控制不住自己了，声音颤抖起来，"我家托利克的爸爸在莫斯科。他有三年没见过自己的爸爸了。托

利克晚上睡不着觉，想象着跟爸爸见面的样子，想象他们会说什么话，到哪里去……我对他说：'也许你爸爸有工作很忙呢？'而他傻傻地对我说：'让他为我请个假吧……他的亲生儿子来了啊！……'我那么想让他和父亲搞好关系，而你呢，却把我家红毛小子的希望生生斩断了！"

"不是我斩断的。"莲卡说道。她居然第一次说了实话，这让她自己感到很诧异。不过她并没有别的选择，"出卖他们的不是我。"

"你为什么要撒谎？"克拉娃阿姨生起气来，"为了做个发型，就要撒谎。你这个笼子里的小怪物！"

"我没有撒谎！我还没有对任何人说过这件事呢……您是第一个知道的。我承担了别人的过错。"

"你为什么要这样做？"克拉娃阿姨怀疑地瞥了她一眼。

"我想要帮助……一个人。"莲卡回答道。

"那他是怎么做的？"克拉娃阿姨谨慎地问道。

"他说他会承认的……但要稍微过一段时间。他要我忍着……但他却没承认。"

"那你呢？"克拉娃阿姨惊讶地看着莲卡。

"我一直保守着秘密。"莲卡回答道。

"哎哟，我可怜的小人儿！"克拉娃阿姨立刻换上一副哭腔，"也许，你最好还是把所有事情告诉大家吧？他们会明白的……"但她转眼就想到，这对莲卡来说并不是个好出路，很快就放弃了坚持，"好吧，好吧，我就不教你了，这事跟我没关系。我自己这一辈子也做了很多傻事。"她毅然决然地穿上工作衫，取出理发工具，把它们摆弄得叮当作响，"不过，你不要原谅那个人啊！……"她那满是怒火的脸转向莲卡，"你要发誓不原谅他！"

莲卡一直没答话。

"你为什么不说话？"克拉娃阿姨生气地拿着剪刀和梳子，向莲卡逼近，"也许你已经原谅他了？"

"绝对不会！"莲卡回答道。

"你坐到椅子上去，"克拉娃阿姨命令道，"你要骄傲点！该有人选择不原谅的！……我亲爱的宝贝儿，我要把你打扮成一个大美女！他会被你美呆！……而你要唾弃那群男生，唾完右边再唾左边……"

克拉娃阿姨解开莲卡辫子上的头绳。

"用不着解开辫子。"莲卡说。

"这是为什么？"

"给我……剃成光头吧。"

"这又是在搞什么把戏！"克拉娃阿姨生气了，"你为什么要让自己受这种罪？"

"他们给我起了个外号，叫'丑八怪'。"莲卡说。

"那又怎么样？"克拉娃阿姨回答道，"他们还管我家的托利克叫'红毛'呢。"

"我想让所有人看到，我是一个丑陋的怪物！是个真正的丑八怪！"

"不是这样的！我还是把你打扮成美女吧。"克拉娃阿姨微笑了起来，"你知道一个好发型能起多大作用吗？……"她开始梳理莲卡的头发，"你看吧！我现在就给你梳头发，尽量改变一下你的心情。"

"但我是个丑八怪！"莲卡一跃而起，"我不怕这个！我会向所有人证明的！"她抓起剪刀，开始胡乱剪自己的头发！

"你是不是疯了？！"克拉娃阿姨朝莲卡扑了过去，"快停下！……"

莲卡在理发店里奔跑，一边躲避着克拉娃阿姨，一边在座椅之间穿梭，胡乱地剪着自己的头发。她喊道："我是个丑——八——怪！我是个丑——八——怪！"

克拉娃阿姨终于抓到了莲卡，但为时已晚：莲卡已经剪掉了好几绺头发。

"你都做了些什么啊？"克拉娃阿姨把莲卡拉到自己身边来，把她当作小宝宝一样摇晃着，"可怜的小傻瓜啊……我家那个红毛小子以前是很善良的。这是实话！他的心眼儿很实在……但他却朝你大喊大叫，说你是'混蛋'。那一天他回到家，头发乱蓬蓬的，嘴里骂着粗鲁的话。但是之后呢，你不会相信的，我的托利克突然哭了起来，像个小孩子似的。"

"而我从前并不知道他叫托利克。"莲卡忧郁地说道。

"他叫托利克……托利克……"克拉娃阿姨把莲卡领到座位上，"你坐下吧，亲爱的，我给你剪，你想要我剪成什么样，我就剪成什么样。"

莲卡坐进椅子里，克拉娃阿姨给她盖上了理发围布。

这个时候，季玛·索莫夫家的生日宴已经快要结束了。一部分同学

离开了，只有米罗诺娃那伙最要好的朋友还留在那里。

"我们玩到天亮吧。"施玛科娃提议道。

"施玛科娃提出了一件正经事儿！"波波夫大声喊道，"大家觉得怎么样啊？"

对波波夫来说，施玛科娃提出的永远是"正经事儿"。

"蓬头，你到我家过夜吧。"红毛说道。

"我够走运的啊！"蓬头回答道，"不用慢吞吞地走进林场里了。"

瓦利卡冲到电唱机旁边，把音量开到最大。

"要让别索利采娃家里的窗户震得嗡嗡响！"他哈哈大笑，"我们要痛痛快快地玩一场！……"

施玛科娃抓住季玛的手，两个人开始跳舞。施玛科娃旋转着，扭动着。她天生喜欢跳舞。

这时候门开了……出现了一个意料之外的新客人。莲卡闯进了房间。

但是她已经变得让人认不出来了！……

她那顶编织帽的帽檐垂到眉毛上，敞开的外套下面有一条很眼熟的裙子，正是被烧坏的那一件。

但是问题并不在于她穿了什么，而在于她那张奇特的脸庞。那些勇敢的举动，让她的脸变得大不一样。从前，她的脸善良而可爱，绝望又可怜，而现在呢，这张脸上却写满了坚定。

大家立刻明白了，她到这里来，是为了做自己想做的事情。没有人能阻碍她。

他们全都僵在原地。刚刚他们还在肆意欢笑，翩翩起舞，现在却呆若木鸡，等待着即将发生的事情。

但莲卡一点儿都不着急。

"兄弟们，你们为什么不跳舞啊？"莲卡问道，"来啊！跳啊！……"她开始跳舞，故意做出一副丑样子。

但这时唱片放完了，音乐声突然中断，周围陷入一片死寂。

"真遗憾，我们没能跳成舞。"莲卡看着大家，第一次毫不颤抖地迎上了他们的目光。在自己的心灵中，她感受到了早已忘怀的平静，"你们全都那么好看！"她在房间里漫步，来回打量着每一个人，仿佛有很久没有见到他们了，"你们哪是小孩子啊，明明漂亮得像画上的人嘛！"

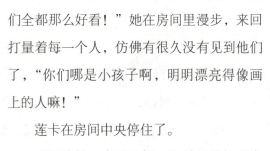

莲卡在房间中央停住了。

"而我是一个丑八怪！"她猛地拉下自己的帽子，向全世界展示着自己剃光了的脑袋。"丑——八——怪！"莲卡拍着自己的头说道，"这光头多好啊！而且'嘴巴咧到耳朵边，不如给它缝上线。'是不是啊，施玛

科娃？"

莲卡微笑着，嘴角向上弯着，尽量咧开一张大嘴，这样嘴唇就会咧到耳朵边。同时她还不停地转着脑袋，好让所有人都能看到，她是一个真正的、可怕的丑八怪！

大家仍然在沉默，可以说，那是一种无声的惊叹。

一开始，莲卡在狂热之中完全把季玛给忘了。而这时她看到季玛面色苍白又惊惧地站在那里。

"他的脸又吓得扭曲了。"她这样想着，稳稳当当地向他走过去，说，"请您原谅！……我忘记祝您生日快乐了。我真是个傻瓜！我来这里就是为了给您祝贺生日嘛，但却把正事忘了。"

季玛浑身上下都散发着不自在，他侧过身子不敢面对莲卡，用尽全身力气躲避着她的目光。

"索莫夫，你为什么转向另一边去了呢？"莲卡拍着季玛的肩膀说，"你为什么抖得这么厉害啊，小可怜？……你瘦了。难道你是在难过吗，因为我是个叛徒？啊？……当然了，这可真是太痛苦了。你是这么勇敢又诚实的一个人，却跟一个坏女孩交了朋友。大家不可以跟她交朋友！她是个告密者！……打小报告的人！……是个混——蛋！"她走到红毛身边说，"红毛，这话是你说的！"

"我不否认。"红毛说，"这话是我说的。"

"托利克，总有一天你会否认的。"莲卡回答道。

但是红毛根本没有回答莲卡的话，莲卡也没等他回答。她继续前行，来到了米罗诺娃身边。她看着米罗诺娃的眼睛说道："你好啊，铁钉！"

她想跟每个人都较量一番，在他们身上试练一下自己的勇气。

"你好啊，假如你不是在开玩笑的话。"米罗诺娃回答道，"接下来要怎样？"

"我为你感到惊讶，"莲卡叹了一口气，"就是这样。"

"能说一下你在惊讶什么吗，假如这不是秘密的话？"

米罗诺娃跟红毛不一样，她不会放弃自己的立场。

"我惊讶的是，你这么正派的一个人，却跟瓦利卡交朋友。他是一个剥皮匠。啊呀呀！他把狗交到屠宰场，一条狗换一个卢布。为公平而奋斗的勇士居然是这种人！"

"你说话小心点！"瓦利卡猛地哆嗦了一下。

"你干吗造瓦利卡的谣？"蓬头威胁地说道。

"怎么，你这个大脸男不再给可怜的狗狗剥皮了吗？"莲卡揪着瓦利卡的领带，向蓬头转过身来："你揍我啊，别让我说话了！快来证明力量是生活中最重要的东西！"

"打她啊！打她啊！"瓦利卡大声喊道，"她在造我的谣！这个谎话精！"他扬起手，作势要打莲卡。

"哎哟，我好害怕啊！"莲卡笑了起来，没有颤抖，也没有退缩。

瓦利卡害怕了，不敢下手打她。他打人一向很准，但现在却胆怯了。

"再见啦！……"莲卡冲所有人挥着手说，"不知怎的，跟你们在一起，我觉得很无聊。你们就高兴吧……你们的目的达到了！你们是赢

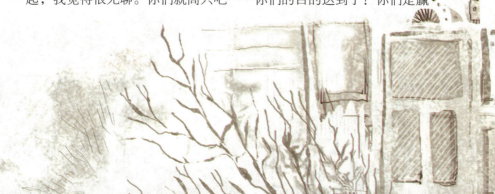

家！……明天我就要离开了。所以你们齐声喊吧！一，二，三！'我们班里再也没——有——丑——八——怪——啦！……'说啊！……亲爱的！你们怎么不出声了啊！"

莲卡在施玛科娃的裙子上扯下一朵花，别在了自己的外套上。她慢慢地扣好外套，把帽檐压到眉毛上，藏起剃光的脑袋。她沉默了一会儿，然后又严肃又忧郁地说道："说实话，我很可怜你们。你们真是一群

可悲的人。"说完她就离开了。

莲卡消失不见了，好像她从来没来过似的。房间里弥漫着可怕而离奇的寂静。

突然蓬头冲上前去，抓住了瓦利卡的手："为什么别索利采娃会那么说你？"

"她都是编出来的！"瓦利卡一边挣扎一边叫喊，"你信了谁的话啊？信毒蛇的话吗？"

"那这是什么？"蓬头在瓦利卡的口袋里掏出了一个带有项圈的拴狗绳，"这是什么？"他在瓦利卡的眼前摇晃着这条狗绳，而瓦利卡一副吓得要死的样子。

"这个？……"瓦利卡在蓬头的威逼下后退了几步，以防万一，"这个？……"

235

"这就是剥皮匠的工具！就是这个！"红毛大喊道。

蓬头向瓦利卡扑了过去，而瓦利卡猛力一挣，跑到了一边，在桌子周围蹿来蹿去。他一边跑，一边把椅子扔到蓬头脚边，但是还没有投降，一边跑一边喊出威胁的话："我要告诉彼得！他有一群朋友！……他们会好好管教你的！你可以去问问你爸！……他会告诉你的！……"

"蓬头，是他们干的！"红毛猜到了，"同学们，是他们干的！……是彼得的朋友们射穿了你爸爸的手，当时你爸爸把驼鹿从那伙人的手里

抢了回来！准没错！……"

"原来是你们啊！"蓬头咆哮起来，扔开所有挡路的东西，朝瓦利卡扑了过去。

瓦利卡冲向门边，想要逃跑，但是红毛给他使了个绊子。瓦利卡摔倒了，被蓬头压在身下。

最后瓦利卡还是机智地拼命挣脱了出来，一跃而起，准备逃跑。但是结果呢……他被绳子拴住了，脖子上戴的正是他自己那条拴狗绳。他曾经用这根绳子，把狗带去屠宰场卖。

项圈紧紧地环住瓦利卡的脖子，而狗绳的末端被蓬头牢牢地抓在手里。蓬头的脸色既阴沉，又无情。

"你干吗？……"瓦利卡哭了起来，"你干吗？同学们……"他开始求饶，"同学们！蓬头要勒死我！……"

"我们离开这里。"蓬头说道。他拉着拴狗绳，根本不拿正眼看瓦利卡。

瓦利卡最怕的事情，就是和蓬头一起离开。他拼命抵抗，巴结奉承，抓住绳子大喊道："同学们，怎么能这样呢？同学们！……怎么能用狗绳拴人呢？！"

但是没有人替瓦利卡说情。

这时候瓦利卡恳求道："蓬头，我再也不会这样了！这都是彼得干的！你去问问季玛吧！……他了解彼得，……他会说彼得就是一个禽兽！"

"我说了，我们出去！"蓬头重重地扯了一下狗绳。

瓦利卡没站住，他双膝跪地，手脚并用地爬到了米罗诺娃身边："米罗诺娃，你为什么不说话？你替我说说情啊！……我再也不会这样了！"

"蓬头，你放开他。"米罗诺娃说道。

蓬头迟疑了一下，然后把狗绳扔在了瓦利卡的脸上。

"你站起来！"米罗诺娃嫌恶地对瓦利卡说，"别在地上爬。"

瓦利卡一跃而起，一边用颤抖的双手摘下项圈，一边迅速地说："同学们，这都是合法的……我选的是流浪狗……"

"你走吧！"铁钉下了命令，"你不适合做我们的事情。"

"为什么？"瓦利卡惊讶了，"难道我跟你们不是一伙的吗？难道我没有追赶丑八怪吗？"

"你跟我们一伙？……"铁钉逼近瓦利卡，"你这个剥皮匠，跟我们一伙？"

瓦利卡把拴狗绳装进口袋，无耻地冷冷一笑，走出了这个房间。之后他敲了敲窗户，故意用一副温柔的嗓音喊道："孩子们，该上床睡觉啦！"说完他大笑几声，跑掉了。

蓬头站在那里，头垂得很低，紧紧地攥着拳头。这双拳头总是能帮他的忙，但不知为何，现在它们却没用了。其余的人也都沮丧地沉默着。

"我没想到丑八怪会这样，"铁钉终于打破了这场寂静，"她把所有人都教训了一通。在我们之中，并不是所有人都能做出这样的事情。真可惜，她居然是个叛徒，不然我会跟她交朋友的……你们大家都是意志薄弱的人，不知道自己想要什么。就这样吧，同学们，再见！"

"还有点心呢？"季玛拦住她说，"我们还没有喝茶呢。"

"点心？现在正是时候……"

"没错啊。"季玛附和道，尽管他的样子并不是很有信心。

"你们随便吃吧，我就算不吃甜点，也够恶心的了。"米罗诺娃没看任何人，就这样离开了。

"米罗诺娃，你等等！"蓬头在她身后喊道，"我跟你一起走。"

"你不是打算到我家住吗？"红毛拦住了他。

"我改主意了。"蓬头一边走，一边回答说，"我想回家。"

"那我也跟你们走。"红毛说道。他跟着米罗诺娃和蓬头冲了出去。

门"砰"的一声关上了——他们走了。

房间里只剩下寿星本人、施玛科娃和波波夫。

"也许，我们应该告诉……所有人……"波波夫轻轻地问施玛科娃，"是不是？……"

"你说的是什么？"季玛警惕起来。

施玛科娃微微一笑。她预感到，这个漫长而复杂的故事即将完结，也明白，自己的胜利时刻终于要来临了。

"我和波波夫……"施玛科娃用唱歌的语调，快乐地说，"你想象一下吧，小季玛……"她狡狯地眯眼看着季玛，很喜欢观察他的样子：他的脸一会儿白，一会儿红，"我那时候和波波夫……"她又笑了起来，意味深长地沉默着，继续轻轻地哼歌。

"你和波波夫……怎么了？"季玛问道。

施玛科娃并不急着回答，毕竟她的回答必须要让季玛感到震惊才可以。她太想折磨他了，这样一下子就报了所有的仇。她的心情非常好，看起来，她的计划完全成功了：季玛已经被摧毁，又一次被她征服、攻陷。如今她可以随意摆布他，让他代替波波夫，成为自己忠实的奴隶。那个傻大个儿波波夫特别无聊，惹人讨厌，真让她厌烦透了。

"你和波波夫怎么了？"季玛又问了一句。

"我们吗？"施玛科娃的脸上显现出兴奋的神情，她的目光无法从季玛脸上移开，"我们当时蹲在课桌下面呢。就是这样！"

季玛傻笑了两声，问道："什么时候？"不过他已经全都明白了。

"那时你正在和玛格丽塔亲切地谈话。"施玛科娃笑了起来。

"在课桌下面？"季玛的脸突然发起烧来了，"你们两个？……在玛格丽塔来的时候？……"

"就在课桌下面……是我们两个……就是玛格丽塔来的那个时候！"施玛科娃兴奋地"唱"道。

这个消息把季玛彻底击垮了，恐惧和忧愁扼住了他可怜的心脏。这颗心脏颤抖着，抽搐着，仿佛他是一只可怜的老鼠，被无情的猫咪压在爪下。他要怎么办呢？怎么办呢？要么像瓦利卡那样大哭，扑到施玛科娃和波波夫的身前，双膝跪地请求饶恕；要么离开这所房屋，赶紧跑到很远很远的地方去，这样一来，这伙人就永远见不到他了。在某个地方，他又会重新过上勇敢而有尊严的新生活，这种生活是他一直向往的。从前他的脑海里也闪过这样的想法，但是每次他都立刻否决了，因为他明白，自己根本做不到。

季玛在那一瞬间，脑海中呈现出的是这样的情景：他走在一座陌生城市的漆黑小巷里，周围很冷，刺骨的秋风掀动着他的外套，雨点啪啪地打在他的脸上……

但是在那个城市里，他连一个认识的人都没有，不会有人把他喊进家里去，供他取暖，给他吃喝。他觉得自己真是太可怜了……

"那你们为什么不说出来呢？"季玛含糊不清地说道。在这种时刻，他的脸总会变得面目全非。

"我们以后仍然不会说出来。"施玛科娃回答道，"是不是啊，小波波夫？"

"以后也不说？……"季玛可怜地微笑了起来，他还什么都没弄清楚，但是心底已经暗暗地滋生出了一些希望。

241

"伙计们，我们得把所有的事情说出来才行。"波波夫阴沉着脸说道。

施玛科娃在盘子里拿起一块点心，对波波夫命令道："张嘴！"

波波夫听话地张开了嘴。

施玛科娃往他的嘴里塞了一块点心，一边拂去手上的碎屑，一边说："你闭上嘴吃吧，不然会噎着的……这件事已经乱成一团了，你根本什么都弄不清。假如我们现在坦白的话，那我们也不会有好果子吃的，你明白吗，小波波夫？所以现在我们三个人，已经是拴在同一根绳子上的蚂蚱了，得紧紧地团结在一起。"她走到电唱机旁边，放上唱片

说，"我们来跳舞吧，作为一个紧密的小团体，我们来好好玩玩吧。要玩得尽兴呀！生日可不是每天都过的。"她向季玛微笑着说，"小季玛，给我拿一块我最爱的点心。"

"是纸杯蛋糕吗？"季玛结结巴巴地问道，拿起一块点心，迅速地递给施玛科娃。

"够了！"波波夫站起来，大声说，"同学们！我再也忍不了了！"说完，他就从房间里跑了出去，沉重的靴子发出轰隆隆的响声，半路还撞在了翻倒的椅子上。

"他这是要去哪儿？"季玛吓得够呛。

"你别怕，他是一个忠实的人。看来他是想要呼吸一下新鲜空气。"施玛科娃咬下一口点心，像唱歌似的说道，"太美味啦！是你妈妈做的吗？"

242

季玛垂头丧气地坐在沙发上，颓废极了。

施玛科娃彻底打败了季玛和别索利采娃，对自己感到很满意。她带着神秘的微笑吃完纸杯蛋糕，又自我陶醉地跳了支舞。

第十四章

　　尼古拉·尼古拉耶维奇在黎明时分醒了过来，这时地平线上已经泛出了鱼肚白。确切地说，他不是醒了，而是起床了，因为他几乎一宿没睡。

　　他用冷水洗脸，掬了一大捧水泼到脸上，好让自己清醒过来。然后他又仔细地刮了胡子，机械地穿上自己的衣服，用批判的眼光审视了自己的着装。是啊，莲卡说的对！他身上的衣服都太旧了，根本没法看。得换身衣服才行。

　　由于他的衣柜里没有多少衣服，他突然决定穿上自己那件旧军装。他从柜子里取出这身军装，走到阳台上，这样就能看得更清楚些。他把依然完好无损的军装抖了几下，用刷子刷去浮尘，还勤快地拿熨斗来回熨烫了好几遍。

　　他不太满意制服前胸的三排勋章板，因为随着时间的流逝，它们因为磨损全都变得暗淡无光了，这可不太好。他把勋章板摘下来，决定今天就去买新的。

　　之后尼古拉·尼古拉耶维奇迅速地换上衣服，严肃又专注地伏案写了很长时间，又重新誊抄了一遍。写完后，他把那张纸条折好，放进了胸前的口袋。

做完这些之后，尼古拉·尼古拉耶维奇才往莲卡的房间里看了一眼。她睡得很熟，脑袋静静地枕在洁白的枕头上。她的头剃得光光的，显得又小又柔弱，让人看起来很不习惯。

尼古拉·尼古拉耶维奇看了看表，已经八点了。他决定不把莲卡叫起来，就让她再睡一会儿吧，轮渡十一点才开呢。

难道他真的要离开这里，难道这一切都会发生在今天？……尼古拉·尼古拉耶维奇突然加快速度，坚定地把自己那件有名的大衣搭在肩上，无声地掩上门，离开了家……

一小时以后，令人不安的重击声把别索利采夫家的老房子震得颤抖，像是有个巨人在用超大号的锤头敲房子。

这个响声惊醒了莲卡，她猛地从床上坐起来，迷迷糊糊地把视线转向窗外，看到有只手正把木板横着放在她的窗户上，于是透进窗户里的光立刻变得更少了。之后又响起了重重的敲击声，这声音剧烈地敲打着她的脑袋。

她明白了：爷爷把自己的房子钉死了！

突如其来的事情太让莲卡吃惊了，她急急忙忙地下床，只穿着睡衣就跑到了外面。

莲卡没有察觉到寒意正在刺透她的身体，甚至没有发觉，自己正赤脚走在潮湿的秋日草地上。

她之所以一点儿都没有注意到，是因为她的眼睛只能看到尼古拉·尼古拉耶维奇。他背对着她站在梯子上，正在钉房子的窗户。莲卡像着了魔似的盯着他那只拿斧子的手，这只手不紧不慢地来回移动，疯狂地用力把钉子敲进旧木头里。一块又一块的板子，就这样被他牢牢地横钉在窗户上。

莲卡抬起头看向上方，她最爱的四个阳台已经被钉起来了，它们曾经分别面对着世界的四个方向。这让她感到格外悲伤。

"爷爷，"莲卡喊道，"你在做什么？"

尼古拉·尼古拉耶维奇回过头，看到了惊慌的莲卡。她剃光了头，穿着长长的白色睡裙，赤着脚，轻盈得像是要飞起来了。于是他脑海里闪过一个激动的想法："跟玛莎一模一样！"这样想着，他冲她喊道："再给我几个钉子！"

"你要离开吗？跟我一起？"莲卡一步也没动，问道，"你要抛弃自己的房子吗？"

"听见没有，再给我拿几个钉子！"他喊出的话太有命令的味道，使得莲卡一溜烟地跑去拿了钉子，"你穿上衣服！真是个疯姑娘！"

莲卡穿衣服的时候，连牙齿都在打战。这并不是因为寒冷，而是因为爷爷决定抛下一切，和她一起离开。

他决定抛弃自己的家乡！

自己的房子！！

自己的画！！！

莲卡抓起放钉子的箱子，搬到爷爷面前。尼古拉·尼古拉耶维奇从箱子里拿起两颗钉子，把最后两扇窗户钉住了。

别索利采夫家的房子，再一次变得像一个又聋又哑的老头。

尼古拉·尼古拉耶维奇迈着重重的脚步，走下了梯子。

莲卡扑到他怀里放声大哭。

现在活儿已经干完了，他不知为何长叹了一口气，担心在房子被钉好以后，他会连看它一眼的力气都没有。

"够啦！"尼古拉·尼古拉耶维奇说道，"我们两个人干吗要像傻瓜一样，当着所有人的面号啕大哭啊！我们又不是在送葬！……正相反，我们还活着，竭尽全力地活着！我们还要干一些大事儿！"

之后他们匆忙地吃了早饭，断了电，关了煤气，停掉了给花园供水的水龙头，锁上了所有的门，还把两个行李箱和一袋苹果装进了园艺推车。在行李的最上面，尼古拉·尼古拉耶维奇放了一幅包着旧亚麻布的画，亚麻布上的十字架是科尔金娜奶奶绣的。这幅画就是他们的《玛莎》。内心的忧愁驱使两人朝码头走着，他们都在努力掩饰，不想让对方看到自己的悲伤。

"爷爷，"莲卡一边帮尼古拉·尼古拉耶维奇推车，一边说道，"你想出的这个主意真的是太好了，我们要带上《玛莎》，"她抓住图画说，"还是我来拿它吧。我们要把它挂在最显眼的地方，这样就不会感到

寂寞了，看着玛莎，就会想起其他的画。"她看着爷爷的眼睛说，"对不对啊，爷爷？"

"没错，叶莲娜！"尼古拉·尼古拉耶维奇回答道，不知为何，他笑了起来。

"你为什么笑？"莲卡不明白，"你在高兴什么呢？"

"我有很多值得高兴的理由，"尼古拉·尼古拉耶维奇兴奋地说道，"等我们坐上轮渡以后，我再详细告诉你。"

这时他们听到了熟悉的叫喊声，这声音令人惊恐不安。

"抓住！抓——住！"

接下来响起的是口哨声，和追逐呼喝的声音。

莲卡习惯性地缩起了脖子。

尼古拉·尼古拉耶维奇注意到了这一点儿，问道："你难道又害怕了吗？你忘记自己有多勇敢了吗？……"

莲卡点了点头，听着越来越近的喊声。

尼古拉·尼古拉耶维奇严厉地说："你别忘了。"

"我尽量。"莲卡回答。

她做好准备迎接坚不可摧的铁钉，还有铁钉的朋友们。如果他们一会儿举行"光荣欢送会"，当着所有乘客的面喊她"丑八怪"，可要怎么办才好呢？她浑身都轻轻地起了一层鸡皮疙瘩，但还是做好准备，下定了决心：假如他们这样做的话，她就扑上去打架，绝不退缩。不会的，她是不会退缩的！

"请你帮我拿一下！"莲卡把包好的画交给尼古拉·尼古拉耶维奇，就像换了个人似的，向后仰着头，去面对渐渐迫近的叫喊声。

但是随后发生了一件令人意外的事情：她看到了奔跑的季玛！米罗诺娃和蓬头带头追赶着他，而他们的身后还有一群人在飞奔——整个六年级的学生几乎都来了！大概有二十个人左右。他们追的是季玛！但她却吓坏了，真是好笑。

季玛笨拙地迈着小步子跑，就像一只翅膀被打断的母鸡一样，紧紧地贴着墙根，这样人们就更不容易看到他。他时不时地回头看一眼，恐惧使他的脸变得苍白。而追击者的眼里都燃烧着怒火，愤怒使他们的脸烧得通红。只有真生气的人才会这样。

有人抓住季玛的手，还有人绊倒他的腿。他摔倒了，然后又立刻一跃而起，从追击者强有力的双手中挣脱出来，又脚不沾地地跑远了。

所有人都像一阵风似的，从尼古拉·尼古拉耶维奇和莲卡的身边跑了过去，丝毫没有注意到他们两个。

他们喊叫道："抓住他！……"

"到学校去！把他赶到学校去！……"

"混蛋，你算是倒霉了！……"

他们出现得快，消失得也很快。

莲卡仿佛只是动了动嘴唇："爷爷，所以说季玛到底还是承认了，是吗？"

"看来他这是承认了。"尼古拉·尼古拉耶维奇说。

"现在会怎么样呢？"莲卡问道，用惊恐的眼睛盯住尼古拉·尼古拉耶维奇。

"会怎么样呢？现在他们会把你当成英雄。"

"是吗？……"莲卡毫无顾忌地笑了，"那我要怎么办呢？"

"表现出胜利的样子！"不知为何，尼古拉·尼古拉耶维奇在用忧郁而惊讶的眼光看着莲卡，"庆祝一下！"

"我跑一趟。"莲卡说道，"我去看看……"

"叶莲娜，不要！"尼古拉·尼古拉耶维奇请求道，"不要落井下石。"

"但是我要庆祝呀！"不知为何，莲卡挑衅地大叫道，"我要表现出胜利的样子！"

"叶莲娜，你等等！"尼古拉·尼古拉耶维奇试图拦住她。

但是莲卡没听他的话，冲上前去，跟着同学们一起跑向学校。

尼古拉·尼古拉耶维奇别扭地拉着推车，把它弄翻了，两只箱子、一袋苹果，还有那幅画全都掉了下来。他迅速地扶正推车，把东西放回去，又把推车推到一边，拿起画，匆匆忙忙地跟上了莲卡。

莲卡跑进班里，此时同学们正在对季玛发起进攻。季玛为了摆脱他们，爬上了窗台。

"打他！"瓦利卡大喊道。他抓住季玛的腿，想把季玛从窗台上拉下来。

"别死皮赖脸地贴上来！"铁钉鄙视地打断了瓦利卡的话，"别插手

我们的事情，你那双手太脏脏了！"

蓬头揍了瓦利卡，于是瓦利卡马上躲到一边。

同学们开始慢慢地朝季玛逼近，就像当初逼近莲卡一样。

"放开我！"季玛大喊道，"不然我……"他无助地环顾四周，寻找脱身的办法，"不然我就从窗户上跳下去！"

"你不会跳的！"米罗诺娃说，"你会把腿摔断，那可是很疼的。"

季玛精疲力竭地看着铁钉，整个身子都绝望地挺直了，然后他打开窗户……

所有人都"啊"地大叫一声，往后退了几步。

就在这个时候，莲卡跑进了教室。所有人都背朝她站着，没有看到她。大家的注意力都集中在季玛身上。

"从窗户上下来！"莲卡平静地小声说道。

季玛突然转过头看到了莲卡……之后他从窗台上跳了下来。

"我们的美女来啦！"施玛科娃像唱歌一样地说道。不过她的声音中，似乎流露出一丝底气不足。

同学们开心地围在莲卡身边，七嘴八舌地说："你好啊，丑八怪！"

252

"你好！"

"欢迎您！"

蓬头拍了拍莲卡的肩膀，说道："别索利采娃，事实证明你很棒！"

"请允许我与您握握手。"红毛仍然像往常一样出着洋相，握了握莲卡的手。

"太好了，你还没有离开。"铁钉微笑着走近莲卡，"你一开始干吗不告诉我们事情的真相？……不过这是你自己的事情。"

这时候季玛意识到，大家把他忘掉了。他在同学们的背后贴墙滑动，溜到门边，抓住门把手小心地往下压，这样就能不出声音地打开门逃跑……啊，此时此刻他真想趁莲卡还在的时候溜走。等她离开以后，她就不会再用谴责的目光盯着他，那时他就能想出一些主意，一定能的……在最后一刻，他回头看了一眼，正好碰上莲卡的目光。他僵住了。

他一个人站在墙边，低垂着眼睛。

铁钉对莲卡说："你看看他！他连眼睛都不敢抬起来！"她的声音愤怒地颤抖着。

"是啊，这景象可一点儿都不让人羡慕。"瓦西里耶夫说道，"像一幅褪色的画。"

莲卡慢慢地朝季玛走去。

铁钉走到莲卡旁边，边走边说："我明白，你很难受……你曾经相信过他……但现在你看到了他的真实嘴脸！"

莲卡走到离季玛很近的地方，只要她伸出手，就能够到他的肩膀。

"扇他的脸！"蓬头大喊道。

季玛突然转过身去，背朝着莲卡。

"我说过了，说过了！"铁钉很兴奋，她的嗓音中洋溢着胜利的狂喜，"每个人都逃不过清算的时刻！……正义取得了胜利！正义万岁！"她跳到桌子上，喊道，"同学们！我们要跟索莫夫绝交！最残酷的那种！"

大家都喊着："绝交！跟索莫夫绝交！"

铁钉举起了手："谁赞成绝交？"

所有同学都跟着她举起了手，他们的头顶上笼罩着一整片手臂的森林。很多人太渴望得到正义了，把两只手都举了起来。

"就这样结束了，"莲卡想，"季玛终于完了。"

同学们举着手，围住季玛，然后把他拽离了墙面。他眼看就要消失了，消失在无法穿越的手臂森林包围圈里，消失在自己的恐惧和莲卡的胜利之中。

所有人都赞成跟季玛绝交！

只有莲卡没举手。

"那你呢？"铁钉惊讶了。

"我不同意。"莲卡简洁地回答道，像往常那样惭愧地笑了笑。

254

“你原谅他了吗？”瓦西里耶夫吃惊地问道。

“你太傻了，”施玛科娃说，“他背叛了你啊！”

莲卡站在黑板旁边，剃光了头的后脑勺紧贴着冰凉的黑色板面。往事像风，拍打在她的脸上："丑——八——怪！叛——徒！……把她放在火上烧！"

“为什么，为什么你会反对呢？”铁钉很想知道别索利采娃为什么不想跟季玛绝交，"反对绝交的人恰恰是你。永远也没法理解你……你解释一下吧！"

“我是被火烧过的人了，”莲卡回答道，"也曾经在大街上被人追赶。我永远也不会追赶任何人……也永远不会伤害任何人，就算你们打死我，我也不会！"

“真是太勇敢了啊！”施玛科娃阴险地笑着，"一个人跟所有人对着干！"

“既然这样，那我们也跟丑八怪绝交！”瓦利卡叫喊起来，"逮住他们！"他吹起了口哨。

但是他的口哨声停掉了，因为没有人支持他。这时快乐的玛格丽塔·伊万诺夫娜出现了，她穿得很漂亮。

“这是在开什么会呢？你们难道没有听见铃声吗？”她说道，"赶紧回到自己的座位上去！我有一个特别棒的新闻……"玛格丽塔·伊万诺夫娜注意到了莲卡，"你还没有走啊？那太好了！"她的目光停留在莲卡光秃秃的脑袋上，"你怎么了，病了？"

256

"她的头发在火堆旁烧坏了，"瓦西里耶夫说道，"就剪掉了。"

"火堆？"玛格丽塔·伊万诺夫娜又问了一遍，"什么火堆？"

但是玛格丽塔·伊万诺夫娜想要宣布的那个好消息，在她的心中翻涌个不停，使她立刻就忘记了莲卡的光头，或者更确切地说，她已经习惯了这件事：莲卡剃了光头，是因为她的头发在某个火堆旁烧着了。

"同学们，同学们，注意了！……"她用指关节敲了敲桌子，想让

　　所有人安静下来，"请——注——意！……听我说！"玛格丽塔·伊万诺夫娜的声音听起来格外开心，"现在叶莲娜·别索利采娃要给我们讲一个特别好的消息。"

　　"什么消息？"莲卡不明白。

　　"所以你什么都不知道吗？"玛格丽塔·伊万诺夫娜很惊讶，"难道你爷爷什么都没告诉你？这不可能……好吧！那我自己来把一切告诉你们。"她在一排排的课桌之间走了一遭，转过身走向讲台，"同学们！我刚刚得知，我们大家都很熟悉的尼古拉·尼古拉耶维奇·别索利采夫，也就是莲卡的爷爷，把自己的房子和收藏的画作捐献给了这座小城。别索利采夫家有一位祖先，是生活在十九世纪的一位画家，这些画都是他的作品。而别索利采夫家族一代又一代的后人，将这些画收集了起来。……以后我们也要有城市博物馆了！"

"博物馆？！"莲卡被惊呆了。

"他收了多少钱？"瓦利卡好奇地问道。

"我已经解释过了，这些都是他赠送给这座城市的！"玛格丽塔·伊万诺夫娜又开心地说道。

"白送吗？全都白送出去了？……"

"当然，"玛格丽塔·伊万诺夫娜回答道，"你们要明白，这给伟大又崇高的事业，开了个多么好的头啊！"

瓦利卡迷茫了。对他来说，生活已经失去了最基本的意义。他想要赚很多很多钱，把这当作最大的幸福，因为他可以用钱给自己买汽车，买彩色电视机，买摩托艇，活在自己的满足里。但是突然有个人，出于善意放弃了自己的所有财产，放弃了价值上万的房子，还放弃了那些画，据说这些画的价值上百万呢。

全班同学都发出了惊叹。当然了，他们并不理解那些画的真正意义，但他们从小就知道那座立在山冈上的房子，它可是很有名的。对他们来说，这座房子就是现实中的童话宫殿，他们知道很多关于它的故事。别索利采夫家的房子已经属于这座城市的事情，给他们留下了惊人的印象。他们兴奋又极其惊讶地看着莲卡，仿佛她与某件难以理解又无比神奇的事情产生了联系。

班级里突然鸦雀无声，于是那带着几分犹豫的敲门声显得格外清晰。

"嗯，请进！"玛格丽塔·伊万诺夫娜说道。

门开了，尼古拉·尼古拉耶维奇的身影出现在门口，他的手里拿着一个用旧亚麻布包裹的东西。某种无法理解的新鲜感觉占据了全班同学的心扉，他们都无声起立，站在尼古拉·尼古拉耶维奇的面前。

"不好意思，"他说，"我不得不打断你们……莲卡，我们要赶不上轮渡了。"

"别索利采夫同志……尼古拉·尼古拉耶维奇！"玛格丽塔抓住他的手，把他拉进班里，"原来是您来了啊？！请进吧。"

"我们要走了，要走了……"尼古拉·尼古拉耶维奇说，"就不打扰你们了。"

"请允许我向您转达我们的惊叹……"玛格丽塔·伊万诺夫娜激动万分，"您真是好人！特别好的人！……我这辈子第一次见到这么好的人。谢谢您！说实话，我现在要哭出声来了……"

"不好意思。"尼古拉·尼古拉耶维奇感到非常害羞。

"也就是说，他们全都知道了。"尼古拉·尼古拉耶维奇想，"有人已经把这个消息传遍了全城。"他既开心又忧郁，因为他特别想亲口把这个消息告诉莲卡。

消息传开的原因是，尼古拉·尼古拉耶维奇在区执委会上交房屋与画作捐赠声明的时候，他的老熟人、当地音乐学校的校长也在那里，她隐隐约约地听到了他说的话，在走廊里等到了尼古拉·尼古拉耶维奇，飞快地跑到他身边问道："尼古拉·尼古拉耶维奇，可不可以请您行行好，不让我们对您的声明进行保密呢？……"她的样子过分恭敬，用词也特别华丽。

他点了点头，看起来好像是同意的样子，因为他看到她特别激动，为这件事感到开心。然而下一刻他就想到，最好不要允许她把这件事说出去。但是这时走廊上已经找不到她的身影了，她一眨眼就消失得无影无踪。

"爷爷，你是为了我才这样做的吗？"莲卡问道，"所有的画都捐了？没有它们，你要怎么活下去呢？……"

"并不仅仅是为了你，尽管你在当中起到了最重要的作用。"尼古拉·尼古拉耶维奇大声又自然地说道，"这是我很久之前的梦想，昨天这个梦又重新回到了我的心中。所以就……"他大手一挥，做出了一个异乎寻常的手势，样子突然变得不羁又轻松，喜悦又英俊。

尼古拉·尼古拉耶维奇沉默了良久。这时间是如此之长，长到可以让他好好打量这群孩子的脸，看得比往常还要仔细。这群孩子就坐在他面前，与他有着千丝万缕的复杂关系。

但是既然他已经走上一条如此明确又简单的路，这一切还有什么意义吗？

尼古拉·尼古拉耶维奇微笑了起来。他并不是在对孩子们微笑，而是在对自己微笑，对自己的想法，还有蓬勃的生命力微笑。此时此刻，这股生命力正在他的胸前搏动。

尼古拉·尼古拉耶维奇看着他们的脸，努力地望向他们的眼睛。他看到，其中很多人想弄明白这是怎么一回事，还有些人对此感到无所谓，而另一些人的心里甚至满怀恶念和不解。但是毕竟还是有渴望知识的人啊，他们思想中刚刚萌生的小芽跳动着，跳动着，总会有破土而出的那天，然后永恒生长！他忽然有了一个念头，并且明白自己必须要这样做：他把一个绣有十字架的亚麻布包高高地举过头顶，里面装的就是那幅画。"对我来说，这幅画非常珍贵，它上面画着我们的一位先辈。"尼古拉·尼古拉耶维奇严厉地看着玛格丽塔·伊万诺夫娜说，"她从前是您的同行，也在城里做过俄罗斯文学的老师……这是一百年前的事情了。"他微笑着说，"您不要觉得这是很久以前的事情……她只不过是我的姑祖母而已……"他又简洁地小声说了句，"我把这幅画送给你们学校。"

"爷爷！"莲卡恐惧地喊道，"爷爷啊！"对于尼古拉·尼古拉耶维奇的行为，她的心中有一种无言的崇拜。

即便是她，也无法理解这一刻她的爷爷尼古拉·尼古拉耶维奇有多么伟大。

"我们走！"尼古拉·尼古拉耶维奇紧紧地抓住莲卡的手，"轮渡是不会等我们的。不过也许会等，毕竟我们两个变成名人了。"

"我送送您。"玛格丽塔·伊万诺夫娜突然宣布说。

"您这是做什么，"尼古拉·尼古拉耶维奇推辞道，"这就是多此一举了。"

玛格丽塔·伊万诺夫娜害羞起来，红着脸说道："我顺便一起送送我丈夫……他也是坐这艘轮渡离开。"

他们三个人一起走出了教室。

莲卡剃光了的头，最后一次在大家眼前闪过，尼古拉·尼古拉耶维奇那满是补丁的大衣袖子，也最后一次在大家面前掠过。他们在一片沉寂中消失不见了。

"我们朝什么样的人动了手啊！"瓦西里耶夫打破了这场寂静，重重地叹了一口气，"唉！"

"这全都怪索莫夫！"蓬头飞速跑到季玛身边，捏紧了自己的拳头。

"哼哼哼，"从四面八方传来了这样的声音，"索——莫——夫！"他们之中的一些人，忘记了自己也曾经追赶过莲卡的事实。另一些人忘记了自己曾经过得无比自在，似乎那些事都与他们无关。还有一些人本想站出来保护莲卡，却没来得及……当然了，每个人面对自己和别人的时候，都感到有些尴尬，却又难以承认，于是所有人团结一致，把过错都归在了索莫夫一个人的身上。

"跟索莫夫绝交！"铁钉大喊道，"我们来投票！"

但是投票又没成功，因为玛格丽塔·伊万诺夫娜兴奋又充满生机的脸庞，从门口探了进来。"校长允许我去送了，我去去就回，你们安安静静地坐在这里。"她正打算离开，但不知为何又问，"你们为什么在喊'绝交'啊？又来了？要跟谁绝交？为什么要绝交？"

"跟谁绝交啊？就是您那位索莫夫呗！"在这段斗争当中，米罗诺娃的脸头一次因为不安而变得刷白，"他是个双料叛徒！"

"索莫夫是叛徒？"玛格丽塔·伊万诺夫娜依然站在门边，"我什么都不明白。"

"他对您说我们跑去看电影了，是吗？"米罗诺娃问道。

"唔，他说了。"玛格丽塔·伊万诺夫娜笑了起来。她本来以为他们还是小孩子，在玩一些抓叛徒的游戏。

"而我们以为是别索利采娃说的！"

"我们追了她，打了她！还嘲笑她，"瓦西里耶夫说，"而索莫夫什么都没说。"

"玛格丽塔·伊万诺夫娜，您也什么都没说。"米罗诺娃突然这样说道。她的声音虽然小，但却清晰而无情。

"我什么都没说？"玛格丽塔·伊万诺夫娜害怕地看着米罗诺娃，走进教室关上了门，"我以为索莫夫把一切都告诉你们了……"她看着季玛说道，"索莫夫，怎么会变成这样呢？"

季玛没有回答她，也没有抬头。

"您等着吧，索莫夫会回答您的。"瓦西里耶夫说。

"玛格丽塔·伊万诺夫娜，轮渡要开了！"瓦利卡大叫道，"您的丈夫要溜啦！"

　　"轮渡？"玛格丽塔·伊万诺夫娜突然醒悟过来，"你们等等！我很快的，我这就……"她想走，但是不知为何却没走，"我们来好好理清楚！也就是说，索莫夫一直在遮遮掩掩？但这跟别索利采娃又有什么关系？"

　　"因为她把责任都揽到了自己身上。"米罗诺娃说道，"她想要帮助索莫夫……而他却背叛了她！"

　　"所以她才那样苦苦等我，"玛格丽塔·伊万诺夫娜恐慌地猜到了这个事实，"她以为我会把一切都告诉你们，而我却忘了……全都忘了。"

266

玛格丽塔·伊万诺夫娜突然意识到，发生了一件可怕的事情。叶莲娜·别索利采娃本来还指望着她的帮助，但她却忘记了所有的事情。这个发现使她大受震动，有那么一段时间，她完全把同学们给忘了，尽管这伙人还在为了季玛·索莫夫的事情大喊大叫，吵吵闹闹。她心里想的全是自己的个人琐事……

　　"所以谁同意绝交？"米罗诺娃又一次举起了手。

　　"我个人不打算加入了，"红毛突然说道，"我鄙视索莫夫……当波波夫昨天把莲卡的事情告诉我们的时候，我差点儿昏死过去。但现在我不会宣布同他绝交……既然莲卡反对，那我也反对。我总是随大流，所

有人都打人，我就打人，因为我是个红毛，我害怕被孤立。"他几乎是在喊叫，或者说，几乎是在哭叫，"而现在呢，这一切都结束了！哪怕你们从早到晚'红毛红毛'地喊，我还是会按我自己的意愿做事，只要我认为有必要。"他叹了一口气，也许这是他自出生以来，第一次如此轻松自由地叹气。

　　玛格丽塔·伊万诺夫娜悄悄地看了一眼手表：离轮渡开船的时间只剩十分钟了。她想，她必须抓紧赶过去。她的丈夫会等她，会担心，会臆想出一些难以置信的事情——比如，她不再爱他了……而她没有办法，没有办法离开！

268

　　"你怎么能隐瞒一切呢？"玛格丽塔·伊万诺夫娜突然用一种高亢的嗓音向季玛发问，这声音仿佛不是她自己的，"怎么回事？！"她愤怒地抓住季玛的肩膀，重重地摇撼着，"回答我啊！你没法默不作答，必须要把一切都说出来！

　　"怎么，就我一个人隐瞒了吗？"季玛突然说了这么一句，"施玛科娃和波波夫也知道所有的事情。"

　　全班同学异口同声地惊叫道："怎么？！还有施玛科娃？！"

　　"同学们……"波波夫承认了，"她也知道。当时我和她一起蹲在课桌下面。"

"你也没说?"米罗诺娃问波波夫,"就为了施玛科娃?"

"就是为了我。"施玛科娃微笑着说。

红毛说:"但就在那个时候,另一个人却在遭罪受难。"

"我很好奇,"施玛科娃回答道,"想知道小季玛什么时候才会坦白……而他却躲躲闪闪……支支吾吾!"她向季玛转过身来,说道,"小季玛,顺便说一句,我和波波夫可没有背叛任何人。"

蓬头向施玛科娃冲了过去,扬起手要打她:"嗬,施玛科娃!"

波波夫扑向蓬头,按住他的手说:"你小心点儿!"他说得很大声,想让所有人都听到:"同学们! 她是善良的!"

"她这哪是善良啊!"蓬头推了波波夫一把,但是不知为何,他却没有跟波波夫打架,"傻子,你看看她吧!"

"我不善良!"施玛科娃恶狠狠地说,"马善被人骑,人善被人欺。"

"她这是在诬陷自己呢。"波波夫说。

"小波波夫,我不需要你的保护。"施玛科娃说,"我也不想坐在你旁边了。"她拿起自己的书包,用往常的声音愉快而挑衅地"唱"道,"其实我喜欢换座位。我要坐在可怜的小季玛旁边,毕竟他被所有人抛弃了嘛。"她坐在了莲卡的位子上。

波波夫跟在她身后走着,就像有一根看不见的线拴着他们似的:她去哪儿,绳子就把他拽去哪儿。他走到索莫夫的课桌旁边停下来,不知道接下来要怎么做,只能沉默地站在施玛科娃旁边。

"而我本想做一个强大的人，"蓬头看着自己的拳头说道，"我以为，我会像爸爸那样留在森林里，所有人都会怕我，所有像瓦利卡一样的人……所有像彼得一样的人……都会怕我。那样就没人敢胡作非为了。"他拿拳头捶着自己的脸，说，"真想把这张脸打烂。"

"同学们！"波波夫突然叫了起来，"这算什么啊？……施玛科娃坐到索莫夫旁边去了，而他可是一个叛徒啊！……"

"没错，"米罗诺娃说，"跟叛徒绝交！"她举起手说道，"我投赞成票……还有谁同意？……"

没有人跟着她一起举手。

只有波波夫举起手，举了一会儿又放下来，慢慢地回到了自己的座位上。

"唉，你们啊！"铁钉鄙视地看着全班的同学说，"那我自己一个人宣布跟索莫夫绝交。无情地绝交！你们听见了吗？我要向你们展示一下，要如何斗争到底！永远不会有人逃脱过惩罚！……每个人都会像索莫夫一样受到惩罚！"米罗诺娃突然失声痛哭起来。

"铁钉在哭呢，"施玛科娃说道，"有个地方发生地震了吧。"

"全都怪她！都怪她！"米罗诺娃抹着眼泪，反复说着这样的话，"都怪我的妈妈……她觉得每个人都可以活得随心所欲……想做什么就做什么……谁也不用负责，只要一切都遮掩得毫无破绽就可以！……你们也是这样的！你们所有人！所有人！都是这样的！"

"每个人都在寻求自己的利益啊！"瓦利卡高兴地喊道，"怎么，这不是真的吗？"

"那别索利采夫一家人呢？"瓦西里耶夫问道。

"别索利采夫一家嘛！……"瓦利卡轻蔑地冷笑着说，"他们是一群怪人，而我们是普通人。"

"你是普通人？！还是我？也许你会说，索莫夫也是普通人？我们都是笼子里的小怪物，"红毛脸色阴沉地说，"这就是我们的真实面目！得把我们放进动物园里做展览……卖钱。"

玛格丽塔·伊万诺夫娜沉默地听着大家说话，越听，就越觉得可怕——她其实是一个愚蠢又渺小的利己主义者，为了自己的幸福，把一切都抛在了脑后。

她走近米罗诺娃，把手放在米罗诺娃颤抖的肩膀上。

米罗诺娃猛地拉开老师的手，严厉地说道："您……最好离开！……不然您就来不及给丈夫送行了。"

"不要这样，"玛格丽塔·伊万诺夫娜说。

她想，这是她活该，自食恶果。不过她立刻意识到，她的内心仍在努力给自己辩解开脱。

河边响起开船的汽笛声，这声音传到班里，低哑的震颤轰鸣持续了好几秒钟。

"是开船信号！"玛格丽塔·伊万诺夫娜走到窗边说，"轮渡开走了。"

所有人一齐涌到窗边。

只有索莫夫没有动弹。

他们站在窗户旁边，希望能最后看一眼莲卡乘坐的轮渡。那个看菜园的丑八怪，彻底地颠覆了他们的人生。

红毛从窗边走开，拿起尼古拉·尼古拉耶维奇留下的那幅画，打开包在外面的亚麻布。突然，他不可思议地变了脸色，猛地大叫一声："是她！是她！"

所有人都不由自主地回过头，看着他说："在哪呢？"

"'她'是谁？"

"她……是莲卡！"红毛指着画说道。

蓬头轻声说了一句"一模一样"，然后大喊起来："是丑八怪！"

"你说的不对！"瓦西里耶夫说，"是别索利采娃！"

272

是啊，画上的玛莎非常像莲卡，她的脑袋下面是细细的脖颈，就像早春的花朵，没有受到任何保护，但却灿烂而坦诚。

　　大家沉默地看着这幅画。

　　忧愁，对于纯洁人性、无私勇气和高尚心灵的极度忧愁，越来越紧地攫住了他们的心，需要一个释放的出口。因为谁都再也没有力量去忍受。

　　红毛突然站起身来，走到黑板前面用印刷体写下了几个大字，每个字都歪歪扭扭，匆匆延伸到各个方向：

　　"丑八怪，原谅我们吧！"